U1007545

The Museum Of MOdern LOve

现代爱情博物馆

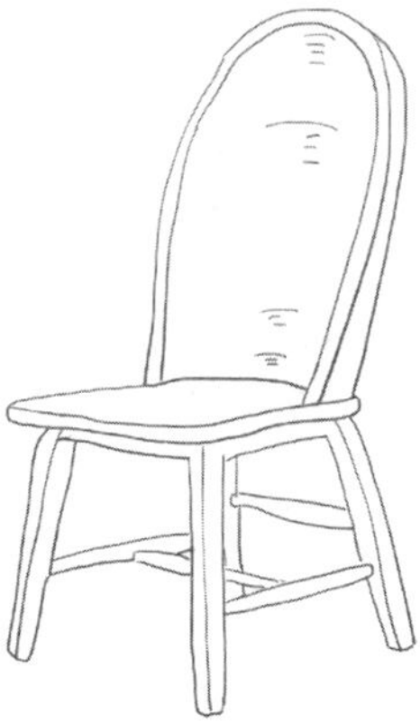

Heather Rose
（澳）希瑟·罗斯 著
辛苒 译

漓江出版社
·桂林·

THE MUSEUM OF MODERN LOVE
by Heather Rose
Copyright © Heather Rose 2016
First published in 2016 by Allen & Unwin Pty Ltd, Sydney, Australia
Published by arrangement with Allen & Unwin Pty Ltd, Sydney, Australia
through Bardon-Chinese Media Agency
Simplified Chinese translation copyright © 2020 by Lijiang Publishing Limited
ALL RIGHTS RESERVED

桂图登字：20－2017－126

图书在版编目（CIP）数据

现代爱情博物馆 /（澳）希瑟·罗斯 (Heather Rose) 著；辛苒译.
—桂林：漓江出版社，2020.9
书名原文：THE MUSEUM OF MODERN LOVE
ISBN 978-7-5407-8607-6

Ⅰ.①现… Ⅱ.①希… ②辛… Ⅲ.①长篇小说－澳大利亚－现代 Ⅳ.①I611.45

中国版本图书馆 CIP 数据核字（2019）第 041810 号

现代爱情博物馆 (XIANDAI AIQING BOWUGUAN)

作者：（澳）希瑟·罗斯
译者：辛苒

出版人：刘迪才
责任编辑：王坤　叶子
封面设计：石绍康　何萌
责任监印：陈娅妮

漓江出版社有限公司出版发行
社址：广西桂林市南环路 22 号　邮政编码：541002
发行电话：010－65699511　0773－2583322
传真：010－85891290　0773－2582200
邮购热线：0773－2583322
电子信箱：ljcbs@163.com
微信公众号：lijiangpress

印制：北京中科印刷有限公司
（北京市通州区工业区 1 号楼 101 号　邮政编码：101118）
开本：880mm×1230mm　1/32
印张：9　字数：150 千字
版次：2020 年 9 月第 1 版
印次：2020 年 9 月第 1 次印刷
定价：42.00 元

漓江版图书：版权所有　侵权必究
漓江版图书：如有印装问题　可随时与工厂调换

献给大卫和

玛丽娜

及

所有艺术家

目　　录

第四部

第五部

第六部

第七部

作者的话

本书是现实与虚构的奇妙混合。除了几个显著的例外，所有人物都纯属虚构。

玛丽娜·阿布拉莫维奇女士允许我将她真实地写入此书。我从 2010 年她在纽约现代艺术博物馆表演之前几年的采访和表演中汲取了大量营养，但这并不意味着我在本书中赋予人物玛丽娜·阿布拉莫维奇的任何想法，是对任何历史事件的真实反映，或反映了玛丽娜·阿布拉莫维奇真实的想法或感觉。这便是小说的风险，将仅存于我们想象中的东西带进现实。阿布拉莫维奇女士允许我拥有创造的自由，再次证明了她永远强大的勇气。

同样，摄影师马可·阿内利和阿布拉莫维奇的助手戴维德·加利亚诺允许自己真实地出现在本书中。他们在书中的任何想法和行为都纯属虚构。同理还有克劳斯·比森巴赫，《艺术家在场》的策展人和纽约现代艺术博物馆的经理。

卡洛斯的人物原型出自帕科·布兰卡斯，他在玛丽娜对面坐了 21 次。

因其所著的传记《玛丽娜·阿布拉莫维奇的生与死》，我向詹姆斯·韦斯科特深表感激。同样还要感谢克丽茜·艾尔斯、克劳斯·比森巴赫、肖恩·凯利和其他策展人、艺术史家及批评家,感谢他们对阿布拉莫维奇女士的作品所贡献的评论与分析。

包括《艺术家在场》和《回顾展》在内的艺术事件,于2010年3月9日至5月31日发生在纽约现代艺术博物馆。共有1554人与阿布拉莫维奇女士对坐了736小时,超过85万人现场目睹。马可·阿内利的作品《玛丽娜·阿布拉莫维奇面前的肖像》记录了所有坐下的人。

本书某种意义上也是献给他们的礼物。

延伸阅读:

纽约现代艺术博物馆:《玛丽娜·阿布拉莫维奇:艺术家在场》

马可·阿内利:《玛丽娜面前的肖像》①

托马斯·麦克埃维约:《当玛丽娜·阿布拉莫维奇死去》

玛丽娜·阿布拉莫维奇:《自传》

斯泰尔斯、比森巴赫、艾尔斯:《玛丽娜·阿布拉·阿布拉莫维奇·莫维奇》

---

① 这里与前文的书名不同,疑前文有误。译注。

每项工程都有七个步骤：

1. 觉知
2. 阻力
3. 屈服
4. 工作
5. 反思
6. 勇气
7. 天赋

——玛丽娜·阿布拉莫维奇

第一部

生活击倒并碾碎灵魂，

艺术唤醒它。

——斯特拉·阿德勒

第一章

阿基·莱文不是我最好的音乐家,但也并非最差的。在他的年纪,多数人要么已江郎才尽,要么已功成名就。不过这个故事无关天分,而是有关聚合。这种事比你们想的还要罕见。我听说,巧合是上帝的精心安排。而聚合不止于此。它一旦开始,就将引致不可预测的结果。人们总善于事后聪明,我认为先见之明更为有用。

那是2010年的春天,我的一位艺术家正在纽约的一个博物馆里忙碌着。不是那个了不起的大都会艺术博物馆,也不是古根海姆博物馆,虽然她表现得既沉静,又有点扭曲。都不是,我的这位艺术家的博物馆是幢白盒子。显然盒子里很热闹,还有点躁动。不过说到它之前,我还是先谈谈背景吧。

一条河流经这座伟大城市的两翼,太阳从一边升起,又落入另一边。湖泊溪流旁,橡树、铁杉和冷杉曾绿荫满地,如今则是气派的南北大道。东西方向则是交叉的小路。山丘夷平,湖泊填塞。高楼大厦建构起现代世界最常见的天际图景。

人们牵着狗在步道上穿行,地铁的轰鸣和黄色出租车的喇叭声昼夜不停。几十年来,人们对失败的投资和无能的政府越发习以为常。薪水总是那么贫薄,跟牛仔裤腰一样低。苗条自然是时尚,不过街头还是胖子多。生活成本已然高企,万一不幸生了病,简直要倾家荡产。整个世界似乎都已被糟糕的气候、贬值的货币、泛滥的教义和混乱的同居所吞噬。不过就个人而言,大多数人还是希望能够装扮体面、气味如兰、高朋满座、志得意满,挣更多的钱,拥有丰足的爱,享受愉快的性生活,并且死得其所。

我们就此来说阿基·莱文吧。他可是认为,凭着出色的音乐品味,自己超越了乌合大众,卓尔不群。直到最近,他一直如此坚信着。毕竟,他经年累月地浸淫于高级的美食、上等的好酒和精致的电影,有高明的医生诊疗,为出挑的女人所爱,继承了优良的基因,总体上过着一种优雅而无可挑剔的生活。

那天是 4 月 1 日,莱文待在位于华盛顿广场的公寓里,不过他已浑然不知日期,包括它特别的意趣。要是有人在这天早上对他恶作剧,他一定会纳闷上好几个钟头。早晨的太阳溢进阁楼。里格比,一只灰毛的猫,正舒展身体躺在沙发上,前爪高高地举过头顶。与之相反,莱文躬身坐在一架 B 型斯坦威牌钢琴前,手指静静地停在琴键上。他是如此安静,像个木偶一样,等待着上方提线的第一次抽动。事实上,他在等待灵感来临。那本是我该出现的时候,不过最近几个月,他有点不太正常。为了能够顺利作曲,他必须从无数破碎的梦魇中摆脱出来。每次他要跳出来的时候,就会短暂地露个头。

莱文和我已经相识很久了,每当他变成这样,整个人就难以接近。他会全身心沉浸在回忆里,忘了还有其他可能。这次他回忆的是什么?啊,对了,一定是前一天晚上电影剧组的晚宴。

他有些不得不解决的问题。这也是为何他避开所有人、从去年

12月起就不再参加聚会的原因。它一直难以应付，无法解决。出于同样的原因，他不回邮件、不接电话，在今年2月收到一通令人心烦的留言后，他终于连电话答录机都关掉了。

昨天晚上，梦魇成真了。三个人把他堵在房间角落，咆哮着呵斥、质问他。他们激烈地指责他冷酷无情、毫无责任心。

“你们不会理解，我对此别无选择。”他对他们说。

“你是她的丈夫。要是反过来……”

“她的要求很明白。这就是她想要的。需要我给你们一份信件的副本吗？”

“可是，阿基，你这是抛弃了她。”

“不，我没有。要是有任何人被抛弃……”

“请不要说你认为，阿基，是你在受委屈？”

“你不能就这么把她留在那儿。”

“好吧，你们到底想要怎样？”他问道，“让我把她带回家？”

“是的，看在上帝的分上。是的。”

他们好像都被他的无礼惊呆了。

“可她不想那样。”

“她就是那么想的。要是你看不出，那就太盲目了。”

他脱身出来，在盛怒中走了二十个街区，意识到自己在流泪，又庆幸起自己总是随身携带手帕。舌尖上有种孤立无援的苦涩感。他抓了抓手面粗糙的肿瘤，那可能是恶性的。他想到自己还有盗汗的问题。他总是凌晨三点在大汗淋漓中醒来，不得不换掉睡衣，在空荡荡的另一边床上躺下，那里的床单干爽可亲。他怀疑自己心脏有问题。如果他在公寓里死掉，可能几天后才会有人发现。除了里格比，它可能会待在他的尸体旁，直到弄明白他再也不会起身喂它了。发现自己死掉的大概会是约兰达,他们的女管家。自打他们结婚,约兰达就在家里干活儿,已经有好几年了。莉迪娅认为,拥有一名女仆,就像冰箱里必须有牛奶一样自然。约兰达就这么待了下来,又跟随他们搬到华盛顿广场。约兰达在家的时候,莱文总不大乐意回来。莉迪娅很善于跟商人、老师、小贩之类的人闲聊攀谈,莱文则不行。

莱文想,要是自己死了,露台上高高的釉色盆里那几株绿植肯定也会缺水而死。他起身又冲了壶咖啡,将洋葱圈切成薄片,拿起一片低低地送进烤面包机里。几分钟内它腾起烟来,变得焦黑。他只得打起精神对付剩下的一半,用小刀将它们切成他认为合适的样子,抬起手小心翼翼地放进烤面包机里一个略微不同的位置。为什么莉迪娅非要买这么古怪的型号,不能买一个普普通通的、不会在每个清晨毁掉早餐的那种?为什么他们能发明出无人机,跑到巴基斯坦某地干掉指定的某人,却造不出一台完美的烤面包机?

莱文把盘子和杯子丢进水槽,洗了洗手,仔细地擦干,又回到钢琴前。琴边有一幅日本女人的小像,她有蓝黑色的头发,亮绿色的眼睛。他想为她写点迷人的东西。长笛不错,他几天前就决定了。不过每个迸发的灵感都让他想起《战火浮生》①。他觉得自己又成了个初学者,在旧曲子里摸索,尝试着没用的转调,偶尔有个不错的和声,却总归难以成曲。

之后的几个小时,莱文沉浸在创作里。他从客厅里令他灵感迸发的斯坦威钢琴前,走到公寓西边尽头的工作室,那里有科兹威尔键盘、博士音响和两台苹果牌笔记本电脑,足以传达他指尖下每种

---

① 此处应指《战火浮生》(*The Mission*),也译作《教会》。这是1986年的一部英国电影。编注。

乐器的微妙变化。他携着那张墨水画，将它钉回墙面的松木板上。那儿还钉着风格同样特别的情节串联图板，以及那位日本女人的许多画像。其中一幅，她在水池前弯下腰，绿裙子闪着鱼鳞般的微光。另一幅，她伸手去摸一头大白熊的鼻子。还有一幅，她牵着一个孩子走在积雪的小径，画中唯一的色彩是红色的落叶。

莱文用键盘模拟了长笛，又换成小提琴，聆听两者从 C 到 F 再到 A 小调的转换。小提琴不对。表达不出森林与河流的野趣。我曾建议他用中提琴，被否决了。他觉得中提琴太过忧郁。可忧郁不正是他所求的吗？

是我鼓励他为这部电影配曲。因为只有童话故事里，闲居避世才是惬意的；对于一个生活在纽约、自认为巅峰期尚未到来的艺术家而言，事实绝非如此。艺术家总是固执的，他们也不得不如此。即便什么都未发生，想安然度日也唯有不停地工作、工作。

我将莱文的注意力转向户外的光景。他走向窗台，看见阳光在华盛顿广场的喷泉上熠熠生辉。紫色的郁金香在步道边盛放。他又看回电脑屏幕上的音频文件。我提醒他，前一天傍晚，当那些女人将他牢牢困在桌边之前，他与他的老导师埃利奥特坐在一起，后者提起纽约现代艺术博物馆有个关于蒂姆·伯顿①的展览。我的目的不是伯顿，而是找个让他出门的理由。尽管他对我的音乐建议全盘否决，却欣然同意暂作休息。

“你得等等我。”他对那位日本女人说，或许也是在对我说。他

---

① 蒂姆·伯顿（Tim Burton，1958—），美国电影导演、编剧、制作人。他导演过《剪刀手爱德华》《理发师陶德》等电影。编注。

走进卧室，穿上了最喜爱的蓝色宾舍曼①外套，还有深灰色添柏岚②跑鞋。

他坐上地铁，在第五大道下车，穿过马路走进现代艺术博物馆。莉迪娅每年都在支付会员费用，他得以穿过长长的购票队伍，直接入内。通向伯顿展的狭小通道里挤满了人，他瞬间就被热烈的人群、七嘴八舌的嘈杂声包围了。不过几分钟，面对一系列装裱好的蓝衣女人插画，她们因受惊而睁大的双眼和毫无生气的修长四肢，再混上密集人群的气味和体温，莱文就觉得有点恶心。还好紧急出口的标志解救了他。他推开门，发现自己置身于一个空荡荡的走廊，便靠在墙上大口呼吸着。

当时，他本打算走下楼去，坐在雕塑花园里晒晒太阳。然而中庭的私语声将他吸引了过去。

---

① 宾舍曼(Ben Sherman)，1963 年创立于英国的服饰品牌。编注。

② 添柏岚(Timberland)，1918 年创立于美国的户外用品品牌。编注。

第二章

艺术博物馆的中庭，游客们在看一个身着红色长裙、坐在木桌边的女人。这是一张亮色的木桌，配以亮色木椅，似乎是来自宜家。她对面坐着另一个女人，年轻一些，穿着一件轻便的米黄色外套。她们都直接注视着对方的眼睛。

莱文注意到地上用白色胶带框出了一块方形区域。人们就围在这块区域外。有些人站着，有些盘腿坐着，所有人都盯着中间的两位女人。

莱文听到一个小女孩问："妈妈，那位女士是塑料做的吗？"

"不，当然不是。"她的母亲耳语道。

"那她是什么呀？"女孩追问，"妈妈？妈妈？"

母亲没有回答，她的眼睛盯着眼前的景象不放。

莱文了解那孩子的感觉。那位红裙女人确实像个塑料假人。她的皮肤白得像被强光灯照成了石膏。

突然，毫无征兆地，年轻女人站起来离开了桌边。红裙女人闭上眼睛垂下头，却仍然坐着。过了几分钟，一个男人在空椅子上坐下。红裙女人又抬起头，睁开眼睛直视着他。

那个男人满面皱纹，一头凌乱的灰发，鹰钩短鼻。他与那女人看起来有些许不同。他们两人互相注视着对方的眼睛。不只是注视，莱文想。应该是凝视。那女人完全没有笑容，也很少眨眼。她几乎保持静止。

那男人动了动脚，搭在腿上的双手微微颤动。不过他望着那女人时，保持了头和眼睛不动。他坐了大概二十分钟。莱文发现自己完全被这个画面迷住了，不愿离开。当那个男人终于离开座位，莱文看着他走向中庭后方，用额头抵住墙面。莱文想问他坐在那儿时，发生了什么；那是什么样的感觉？不过他意识到，这样做无异于问一个陌生人，他在祈祷什么。

紧接着，另一位女人——中年、宽脸、玳瑁眼镜——坐了下来。莱文探身靠近墙面，阅读上面的黑字：**艺术家在场——玛丽娜·阿布拉莫维奇**。下面的文字被房间里熙攘的人群遮住了。

这时出现了一名专业摄影师。他架起三脚架，准备用一柄长镜头记录下每个来往于桌前的人。莱文冲他点点头，后者回以一个简短的笑容。摄影师穿着黑裤子和黑色高领毛衣，他完美的下巴大概有三天没刮过了。在东村①，这没什么大不了；毕竟这儿有的是美丽的面容和雕塑般的身体。

那位坐在莱文猜测是玛丽娜·阿布拉莫维奇的对面的中年女人，可能从不曾美丽过。她稍坐了几分钟就离开了，人群也趁机散开。莱文听见人们边走向楼梯边议论纷纷：

“就只是这样？她就这么坐着？”

“难道你不想看看艺术家本人吗？”

---

① 东村，指纽约曼哈顿区的中产阶级居民区。编注。

“什么时候才能轮到咱们坐上桌？我的脚要痛死了。”

“你今天真的还要去 M&M 豆旗舰店？”

“你看过蒂姆·伯顿展了吗？人多得要命。”

“这层楼有卫生间吗？”

“她什么时候会来？”

莱文回到那块方形区域边，那里他又能同时看到桌上两人的侧面了。他在地板上坐下来。现在她对面坐着的是一个年轻人。他惊人地英俊，星目丰唇，卷发齐肩，容貌让人想起上帝派来探望垂死孩童的天使。莱文好奇她是否会对如此的美貌有反应，然而并没有，至少他看不出来。那女人保持着同样给予其他人的凝视，温和而专注。她坐姿笔直，双手垂在腿上。除了偶尔眨眨眼，整个人一动不动。

静默笼罩了整个中庭。那年轻人开始哭泣，让这静默更加明显。并不是那种夸张的哭泣，眼泪从那天使般闪烁的眼睛里流下，他却始终注视着那个女人。过了一会儿，女人也以同样克制的方式哭了起来。哭声一直持续着，仿佛他们都清楚自己不得不放弃了某些东西。莱文四下环顾，发现中庭又悄然聚满了人，每个人都盯着他们两个。

莱文觉得这儿应该有音乐。红裙女人独自一人被人群包围。这里绝对公开又如此私密。莱文旁边有个女人取出手帕，擦去眼泪，又抹了抹鼻子。察觉到他的目光，她不好意思地笑了一下。顺着围观的人群望去，莱文看见很多人的眼里都泛着泪光。

时光渐逝，桌边的男子止住了眼泪。他向女人探过身去。横在他们之间的所有东西都显得渺不可察。莱文觉得有什么东西从男子身上升起来，散开了。他不知道这是不是件好事，不过它确已发生。那女人的身体好像无限伸展，整个中庭四面墙、六层楼的空间，似乎全都被她占据。莱文闭上眼，深呼吸。他的心脏剧烈跳动起来。当他再次睁开眼，她又变回了那个红裙女人，身材匀称，虽然不再年轻，却活力非凡、优雅动人。她的美像是木器的包浆，或是一件复古丝质衣袖上闪过的光泽。

一个下午过去了。莱文不愿离开。桌上的男子也没有走，他和女人仍在凝视对方。中庭里的人来了又去，嘈嘈私语高了又低。5点15分，广播宣布博物馆即将在15分钟内关闭。那突然的声响惊得莱文跳了起来。墙边的人们有些骚动，四处观望。坐在地板上的男人女人们站起身来，舒展四肢。他们收拾物品，互相微笑，带着对彼此好奇的神情扬起眉毛。其他的人不易察觉地耸耸肩，像是忘了自己在哪儿，居然已经这么晚了。很快，只剩下寥寥几个观众在等待最后的时刻。

正中间的男人和女人仍然一动不动，眼神静止。5点25分，一位博物馆的工作人员穿过方框区域，轻声对男人说了些什么。他向女人低了低头，站直身体。有人鼓起掌来。

“闭馆了，”另一位工作人员说，“请各位离开。”

莱文站起来挺直身子。他的膝盖又疼又麻，随着他走向楼梯，又转为刺痛。那女人独自坐在桌前，垂下头。只有摄影师还在。莱文在渐空的大厅里寻找那位有着天使般双目的男子，可他已经不见了。

迈入西53街，他听见一个女人对她的女同伴说：“她肯定特别想上厕所。”

“今天是第几天了？”朋友问。

“第23天吧，我想，”女人回答道，“她还有得熬呢。”

“我觉得她肯定有一根那种导管，”朋友提出，“你知道，连着袋子的。我是说，谁能憋一整天啊？”

“你是说导尿管？”第一个女人问道。

她们消失在地铁入口。莱文向东边的第五大道走去。他边走边回想着博物馆里人群的静默，还有那男人和女人间的缄默无语。应该用单簧管，他想。单簧管与小提琴配合。

他头一次希望莉迪娅在家里。他想跟她聊聊那位红裙女人、人群，还有回家的路。然而公寓里寂静无声。他在斯坦威钢琴旁坐下，手指翻飞，整理着脑中一闪而过的旋律。他不停地弹啊弹，直到整座城市暗了下来，霓虹灯映满天空。

我看着他。没有什么比看着一位创作中的艺术家更美好的事了。他们就像击穿阳光而过的瀑布。

楼下，华盛顿广场上夜游的人群潮涌潮退。莱文的肩膀和手指也渐露疲态。终于，莱文似乎已支撑不住，他的手在斯坦威的黑色琴盖上停了一会儿，把它合上了。

床上，他在右侧睡下，想着莉迪娅何时会睡在他的旁边，抱住他。黑夜将笼罩他们沉沉入睡。

我离开他回到纽约现代艺术博物馆。站在中庭，我思索着那两把空荡荡的椅子和那张简易的桌子。一位艺术家堕入凡尘之日的每个时刻，我们都在伴其跌落。很久以前，我就和阿基·莱文一同跌落过。而在那之前，陪着我落下的，是玛丽娜·阿布拉莫维奇。

第三章

简·米勒不是艺术家。她注意到莱文穿的黑色裤子、白衬衫和蓝色亚麻外套,他银发微卷,戴着圆眼镜,一双便鞋,指甲修剪整齐。她本想同他说话,不过他似乎陷入了沉思,不便被打扰。整个午间时光,那框线周围的人越聚越多,她也身处其中。一个大约16岁的男孩,一直坐在玛丽娜·阿布拉莫维奇对面。简看到男孩精灵般的面庞上棕发蓬松,鼻尖可爱地翘着。他穿着超大的外套,脚也很大。他没精打采地坐在椅子上,似乎阿布拉莫维奇是个校长,正要训斥他的举止。然而他的眼神一直不曾离开她。

那天上午,简从下榻的旅馆大堂踱出来,走到格林尼治大街,瞥见有个男人正站在对面大楼楼顶的边缘。她眯起眼睛,犹豫着要不要报警。突然间她意识到,那不过是安东尼·葛姆雷①的一件雕塑,今年春天用来装点纽约天际线的作品之一。无论是上城区还是下城区,纽约的屋顶上到处都是这些令人警觉的玩意儿,它们的出现似乎不是为了与楼下步道上的凡人对话,而是与大楼外部的空间

① 安东尼·葛姆雷(Antony Gormley,1950—),英国著名雕塑艺术家。编注。

交流。它们待的地方，只要迈前一步，就会从二十层、三十层，甚至五十层楼上坠落。

大楼以外是什么？简想知道。坠楼瞬间那生死一线的冲击，到底是什么感觉？直接冲向地面的死亡，是不是比在睡梦中离世来得更直入、更干脆？如果此时刚巧毒瘾发作，人会彻底死去，还是只有一部分死亡，剩下身体的碎片游荡世间？在卡尔死后，简想了很多这类问题。卡尔那么多的优点都随他而去，她无法忍受。他留下的只有零星回忆。她在心里一遍遍地念着他的名字，以此弥补她不能再大声呼唤他的遗憾。她激烈地、沉浸地、痛苦地思念着他。她的身体从不曾如此孤独。她需要更多的毛毯过冬。如今她来到纽约，比任何时候都更想与他说话。她没想到独自出行会如此寂寞。除了入住旅馆时与前台交换的几句“你好”，以及点餐时同招待的简短对话，她没法对任何人诉说自己的见闻。*我在这儿！*她想告诉每一个人。*我来纽约了！*

或许坐在这些大楼顶上的，不是31件铸铁或玻璃钢制成的雕塑，而是真正的卡尔，是她的丈夫正看着她在城市里穿行。受这种想法鼓舞，她向那座雕塑挥挥手，笑了。

她乘快车从运河街来到53街，欣慰地发现过去的三天里，自己已对它日渐熟悉。她从散发着烘焙香气的唐恩都乐①甜品店前走过，拾级而上。人行道上铺满了陈年晦暗的口香糖，她开始还以为是节日彩屑。这里车水马龙，熙熙攘攘，一切都忙忙碌碌。然而楼宇间竟奇妙地有种海洋的气息。这一次，她不必为一群远足的学生们张罗。她也不必对卡尔解释什么。她只需考虑自己，生活已很久

---

① 唐恩都乐（Dunkin' Donuts），美国十大快餐连锁品牌之一，以供应美式甜甜圈和现磨咖啡著名。编注。

不曾这样。更棒的是，她还有两周的时间可以做任何自己想做的事。

简再次想起那段印在博物馆中庭墙面上的文字，她已读过好几次：

> “艺术家在场”扭曲了日常与仪式之间的界限。设在宽阔中庭里方框区域里的一套寻常桌椅，被提升至另一层场域。
>
> 我们鼓励观众在艺术家对面静坐，时长随意，从而切身参与这件艺术作品中，而非仅作旁观。
>
> 尽管阿布拉莫维奇沉默不语，以同样的姿态和凝视保持着近乎雕塑般的存在，但这场创作邀请大家共同创作，携手完成这独一无二的场景。

她对着其中一句皱起眉头：扭曲了日常与仪式之间的界限。就像去世的卡尔，她想。他的死扭曲了日常生活。不能再叫他吃晚餐，或是请他去修后门上坏掉的钟。尽管自己如此渴望他仍能听见她，看到她。有几个星期，她每天自语，求你，上帝，请让他好起来……请别让他死。之后是，求你，上帝，请让他死吧。请别再让他这么痛苦。然而，除了这个她为之祈祷的人，上帝也是靠不住的。

她还曾向自己园中的花、车道入口的橡树和暖房上的云祈求过。甚至是挂在卧室墙上的那幅莫奈油画中的百合。她寻找任何能让每天的日子不只是一场时间与生理抗争的力量，什么样的都可以。然而无论怎么做都没能改变分毫。他死了，她的卡尔，并不安详地走了。顽抗。惨败。惊惧。绝望地想求得更久的生命。

门厅的桌上，她在他的照片旁始终点着一支蜡烛。每当她出门或回家，总会说声，嗨，卡尔。晚餐时，她继续为他留一个座位。她不会为他准备食物——她还没有疯——不过她会摆一把餐刀、一支餐叉、一个盘子和一只水杯，并感到这完全是自然的。她还没有准备好让他离开，她觉得他也没有准备要离开。

有时她敢肯定卡尔就坐在他的椅子里。他们就那样度过整个傍晚，她阅读，他默不作声。有时她为他放一场球赛，而他好像也乐在其中。她就生活在日常与仪式之间。一场关于放手的仪式。人们称之为哀痛。不过它更像一个夜间的牧场。嗅觉和听觉都更加灵敏，更多的感官登上台前。文字、记忆、场景。哀痛自有其深刻性，某种尖锐的亲密。

一个女人的声音从身后传来："她要是画画的话，会是另一个雷诺阿。"

"不画舞蹈或春花就好。"一个男人的声音回答。

"天啊，你不觉得她一定很无聊吗？"那个女人说。

现在阿布拉莫维奇坐在一个穿浅蓝上衣的黑人女性对面。她们年龄相仿，以一种锐利的眼神彼此相望。

简又听见那女人说："你觉得这是艺术吗，她做的这事？"

"你怎么定义艺术？"男人回答。

简回过头，看见那男人和女人穿着情侣风衣。那个女人可能是他的第三任妻子。她比他起码年轻20岁。

"我不想和你吵架。"女人说。

"我并不是跟你吵，"他用中西部那种懒洋洋的语调说，"要知道，艺术毫无用处。哪怕到世界末日，艺术也救不了我们。艺术无关一切。你不能靠写作度命，也不能靠画画永生。坐着并不是艺术,无论你坐多久。”

“那它到底是什么?”女人问,又望向房间中心的两个人。

“坐着,”男人说,“什么也改变不了。就像跑步或进食一样。”

“也许是一种冥想。”女人说。

男人嗤笑着说:“谁要看一个波斯尼亚人冥想?”

“塞尔维亚人。”

“同样是这世上最没人想听其意见的人群。”

“可她是艺术家。”

“更糟了,”男人说,“塞尔维亚艺术家。”

“她一定在做什么,不然这些人不会在这里。”

“是啊,安迪·沃霍尔画几瓶罐头汤就卖了上百万。罗斯科就画了些大红方块。还有人把鲨鱼放进福尔马林里。你把什么东西放到一个框里,把它叫作艺术,引起足够关注,人们就会以为它一定很重要。”

“你觉得所有人都是傻子,是吗?”女人说。

“大部分吧。”男人让步说。

“除了你?”

“那当然。”

“我们走吧?”女人提议。

“好啊,我们走。”

简想跟上这对夫妻,同那男人争辩几句。她想告诉他他错了。不过她转身向旁边的那个银发男人说:“我认为艺术总能拯救人类。”

站在她左边的那个男人正是阿基·莱文。他眨了眨眼,看起来有些迷糊。简知道自己打扰他了。

“我知道艺术救过我几次。”她说。她很快将自己无意间听到的那段对话向他重复了一遍，她觉得他肯定也听到了。莱文带着困惑对她笑了笑。

“对不起，”简说，“我打断了你的思路。只是他们的话惊着我了。”

“也许他是对的，”莱文说，“也许我们做的事并没有那么重要。”

简点点头，听他说到“我们”，便开始猜测他是哪种艺术家。“不过人们只需要来这儿看看艺术能够带来怎样的乐趣。”

“是的，”莱文说，“失陪。”他起身去了洗手间。当他回来时，简看到他远远走开了。——不错，她想，这样他就不必跟陌生人说话了。

简看着那个黑人女性离开，换了一个年轻的亚裔男孩。他坐久了就瘫向椅子一侧，不过他的眼神一直坚定。她忍不住想让他坐直些。

简想知道自己有几次长久凝视过卡尔的眼睛。结婚 28 年来，他们一共眼神交汇过多少次？如果他们真的曾彼此注视过，他们从对方眼中看出了什么？她在批改作文、折叠另一摞毛巾、清洗又一轮餐具、计划下周食谱时眼中的不耐烦？那时他也烦躁吗？而她曾在他眼底看到他想去的某处海岸线吗？某幢可以眺望海岸的小房子，只需要付维修费，周围没有牧场或田野？有时他会谈起要去海湾地区钓大鱼，不过他们从未成行。他只是每年离开 5 天与学校里的朋友去猎一次鹿。

再过 10 年，我就到玛丽娜·阿布拉莫维奇如今的年纪了，简想着。再过 25 年，我就到我母亲如今的年纪了。25 年前，我才 29 岁。

还有时间。请再赐我更多的时间。

那天清晨,她假装自己就住在纽约。她整理了床,铺好被子。她的手抚过床头板上的雕花,想象在这里过圣诞节的样子。她会在雪中穿过中央公园,看见洛克菲勒中心的圣诞树,然后走进巴尼百货挑选礼物。她会有一群共同度过美好时光的朋友,邀请自己去他们心爱的饭店。

现在不是做决定的时候。每个人都这么对她说。三个不同的人都送了她琼·狄迪恩①的书《充满奇想的一年》,好像这有什么用似的。她知道大家都是好意,可她读不下去。她无法集中注意力做任何事。她的精力都用来倾听卡尔的声音了。

她想象他躺在旅馆的床上,读着报纸。他穿戴齐全,脚上趿拉着帆船鞋,身上穿着麻花纹毛衫。他会为她休假逛博物馆而高兴。他会花掉整个上午找一间街边小店,在那里吃第二顿早饭,悠闲地看着整个世界经过。他还总能找到什么人聊起来。那就是卡尔。这是他们的共同点之一。回家的路上,他们总会分享自己刚才与陌生人的谈话。

① 琼·狄迪恩(Joan Didion,1934—),美国随笔作家、小说家。编注。

第四章

莱文惊讶地发现，自己几乎每天都会去上城的现代艺术博物馆。他穿过前厅，在衣帽间尽头的会员区寄存自己的雨衣和伞，然后走过安检门。今天大厅里的人很多。或许是因为外面狂风大作的天气。这个地方似乎挤满了学生。

他抬头望了望巨大的蓝色蒂姆·波顿宣传气球。他站在楼梯下，背靠白墙，听着一个女孩描述姐姐婚礼上的蛋糕。有一瞬间，他回到了墨西哥，与莉迪娅度蜜月的地方。墨西哥流浪乐队的传统乐曲回荡不绝，夜晚的气息飘散，而天空依然可怖。

17岁生日的时候，母亲曾送给他一架望远镜。然而夜空的深邃早已令他惊恐难安。他甚至觉得，仅靠一双脚抓住地面不够牢靠。远远不够。多么可怕啊，星云变幻莫测，光明与黑暗竞逐上千年，而人类对其中绝大多数的奥秘都一无所知。他四岁时，父亲病了几周就去世了。“偶感风寒，吐了几次，然后他就病得下不了床。”母亲如此对他说。这种未知的恐惧折磨了他一辈子——不过是偶感风寒，吐了几次，便能夺走人的性命。

每年，母亲都会带他去看那块镶在白水泥墙上的小铭牌，那是父亲骨灰长眠的地方。不过母亲会说，他的灵魂在外面的某处，闪烁在天上。那没什么可怕的。她深信外太空有其他生命存在，难道他不这么认为吗？宇宙浩瀚，我们的星球不会是唯一宜居的。那些生命不一定是邪恶或蓝色的，或有什么奇异的超能力。他们也不会绑架他。冥冥中一定会有力量，一些看不见的力量在操控世界顺畅运转。那力量会照顾他的。是的，它们也同样爱他的父亲，只是它们可能需要他回去。最终每个人都得回去。没什么可烦心的。

然而她的话从未能安抚他。他生活在一个沧海桑田不断变换的星球。人类的生命不过来自遗传的意外。地球在一个无限大的时空中旋转，而生命，无论从哪种意义而言，都是一场脆弱的实验。

年少的时候，医生曾给他开过很多种抗焦虑的药物。然而哪种都没能让他心神安宁或自我麻痹。他 16 岁时，母亲去世了。她每晚睡前要喝甘菊茶，坚信不可知的力量，早饭前还会弹奏肖邦练习曲，这样的女人会因什么而死呢？风雨里一棵倒掉的树。

他将母亲的骨灰撒进火葬场的玫瑰园里。不论这些来自骨头与皮肤的残屑是什么样的，它们都不是他记忆里的模样。它们弹不出她的音乐。它们也没有她对他的期待，没有那些她据理力争的事情。他们总为那些事争执不休。

他的孤僻自此扎根。他开始与祖父母生活。一切都来得非常快。房子卖掉之前，他们过来帮他收拾了需要的行李。他把所有收藏的唱片用衣服裹好，打了个包，对着房子和蜿蜒的小路说了声再见。那条小路通向学校，也通向他打工的天然食品商店。在那里，他要卸装有机蔬菜水果、打包杏仁、称重燕麦片。

他们乘飞机去了洛杉矶，从那里转火车来到圣巴巴拉。在火车上，他发现城市的灯光将前方的虚空一扫而尽。于是他暗下决心，将来终老的地方无论在哪儿，都必须是个大都市。几年后，他搬去纽约，发现那里根本看不见暗夜中的星辰。苏豪区的高级公寓、中城区的摩天大楼、中国城的霓虹招牌和第五大道的商业大厦，处处光明璀璨；金融区里的能耗大鳄，中央公园里年老而优雅的女士，高悬于东河①的棕色桥塔，它们让一切都黯然失色。他觉得自己赢了。人类赢了。纽约比俯视人间的太空更光辉耀眼。单凭这一点，他就打定主意要永远住在这里，并且也满心希望如此。

不过他仍为自己的健康担心。一具年老的身体无异于一架靠不住的机器。他的细胞究竟如何？他知道身体的细胞每七年就会全部更新，或者是三十年——他记不得哪个是对的。他没有生过病。他从未感冒，也不曾头疼，只经历过一次食物中毒。而他仍会定期体检。

“壮得像头野牛，”他的医生喜欢这么说他，“血压100/70，心率65，血液检查也没问题。在你这个年纪算得上非常健康了，阿基。很不错。”

野牛都快灭绝了，莱文想。

有那么一瞬，他在人群中察觉到一束女人注视的目光，那女人靠在远离楼梯的墙边，看上去似乎有些面熟。她迎住他的眼神，冲他微微笑了笑。他想起一两天前曾见过她，那个与他谈起拯救的女人。什么也救不了她那条短裙，他心想。她的样子像是从南方腹地来的游客。那种会戴着大帽子修整花园的女人。人群开始涌向楼梯，冲断了他们的对视。

他不确定是什么让自己不停回到这场奇异表演的框线之外。

---

① 指纽约曼哈顿东河。编注。

然而他发现自己一遍遍地坐上地铁,通过大门,爬上楼梯,在白色框线外站定。这里的中庭就像一块磁石,又或许吸引他的是阿布拉莫维奇。这场表演一定有什么要紧之处,只是他还说不出原因。

第五章

简·米勒将目光转到那位衣着邋遢的会计师,第一天她来现代艺术博物馆时就遇到了他。她知道自从3月阿布拉莫维奇开始表演起,他几乎每天午餐时间都会来中庭坐下观看。马修?对,马修。他的名字就是这个。她向他走去。

“怎么,你今天来得很早啊。”

“我突然很想看看它是怎么开始的。”马修有点不自在地回答。

“哦,别被吓到啊。”简说。

楼梯上的保安示意人群,一分钟后就开放了。她握住马修的胳膊。

“不用急。除非你打算坐到她对面。”

“不,”他说,“今天还不想。”

“那我们让这些着急的兔子先进去,我们慢慢来,在房间边上找个好位置,好好当一个旁观者。”

她不知道自己怎么会跟一个像是从田纳西·威廉斯①戏剧里出来的人说起话。她飞瞥了一眼马修那双灰扑扑的棕色皮便鞋、既不搭配鞋也不适合上班的套装和衬衫、朴素的领带以及他蓝色眼睛中的善意。卡尔这样的人真是无处不在。

10点30分的时候,他们看着五六十人涌上台阶,飞快地跑着、磕绊着、推搡着,向艺术飞奔而去,竞相加入与艺术家相对而视的队伍里。

没有人会知道我曾在这里,简想。摄影师不会为我拍照。书里不会有我来过的记录,网站上不会有我的照片。其实,她想,我整个一生都了无踪迹,除了那张全家福。还有我亲手种下的那片橄榄树林。我织的毛衣可能会传一两代人。也许那会儿人们已经不用穿手工衣服了。

当她和卡尔搬回去住时,农场已建成一百多年了。卡尔的祖母精心设计了前面的花园,他的妈妈种下了蔬菜和香草。简一点都不想改变它。她喜欢确定的东西。当老师的乐趣之一就是有许多必要的程式。比如一本日历,一份课程表,还有每年各具性格的学生们。她突然有种感觉,不确定性或许能引人前进,这并不太讨厌。不过她丢开了那个念头,就像抽屉里的衬布,转而想到了古斯塔夫·梅茨格②。梅茨格喜欢往东西上面遮块布。他曾经在犹太大屠杀的照片上遮过。没准他也会在玛丽娜·阿布拉莫维奇身上盖一块,只露出她的手。如果她整个被布遮住,人们还会在她对面坐

① 田纳西·威廉斯(Tennessee Williams,1911—1983),本名托马斯·拉尼尔·威廉斯三世,美国剧作家。主要作品有《欲望号街车》《玻璃动物园》等。编注。

② 古斯塔夫·梅茨格(Gustav Metzger,1926—2017),德国激浪派艺术家。作品多关注环保、反消费主义等问题。编注。

下吗？或者吸引人们过来的，正是她无比真实的眼睛、无比真实的皮肤、身体里无比真实跳动着的心脏？也许对某些人来说，她是他们曾见过的最触手可及的人。简想起她的学生们。刚入学的几周，他们总是匆匆走过她的办公桌，窃窃私语。直到他们发现她也有幽默感，明白她也会倾听。然后那几个话痨啊！在教师生涯的前几年，简曾思考过被关注的重要性。对于一个孩子来说，那意味着一切。

在结局未卜时，她曾莫名地害怕自己没有足够的时间看看卡尔的模样。她曾擦着他的脚，试图记住他灰暗的右脚大脚趾，细长的中脚趾，两个小脚趾向内弯曲得像个括号的样子。她还试图记住他耳朵的轮廓。她不确定要是自己被警察叫去，让她从十双摆成一排、长得差不多的手里分辨出他的那双，她能不能做到。她希望能说没问题，但她不能对自己撒谎。

她看着他日渐消瘦下去。那些年的酥皮桃肉馅饼、核桃派、炸鸡、玉米面包、熏肉和华夫饼，没少对他的体重做贡献。他身高6英尺4英寸①，体型一向匀称。然而，他的体重和肌肉最终一点点消耗殆尽，甚至身高都缩了些。留下了一个恍如贾科梅蒂②雕塑的人，骨瘦如柴地顽抗着死神的烈风。

最后的几个星期和几天里，他对她说了好多好多事。比如农活儿是怎么让他耗尽了对上帝的所有耐心。他说他只信任化学药剂和先进设备，因为种子和天气是一对麻烦，除非种的是转基因作物。那种感觉像是独自与魔鬼共舞，而他觉得自己别无选择。他说，那

---

① 1英尺约30.48厘米。6英尺4英寸约为1.93米。编注。

② 阿尔贝托·贾科梅蒂（Alberto Giacometti，1901—1966），瑞士超存在主义雕塑大师、画家。编注。

就是魔鬼做的事：让人别无选择。对于一个将死之人来说，这些并不是好念头。

他说后悔没像她希望的那样，两人在孩子长大后去旅行。他希望当年的自己知道如今的结局。如果他们再大胆一点，就该在父母离世前卖掉农场，去做完全不同的事，完成人生的计划。可是一代代米勒家的人都那么勤恳地劳作，他鼓不起这种勇气。他们的农场熬过了战争、熬过了象鼻虫害，如今托上帝的福，也会让他过下去的。在他之前，他父亲也是这么说的。这份家传的营生并不轻松。可是，他们本可以选择做别的。他们可以待在新墨西哥州——他们相识的地方，当时他正在自驾游的路上，准备向西去加利福尼亚冲浪。

他想知道，自己有没有让她幸福。有的，她告诉他，她一直很幸福。你确定吗？他问，手指划着床单上的线条。是的，她说，是的。

临终的那几天，他对天堂忧心忡忡。在吗啡夺去他的神智前，他想知道将来她要去哪里找他。如果天堂有阶梯，他会在那里。他会等她。但是阶梯在哪儿？如果有杨树的话……或是在橄榄树林里？

他的脸已经消瘦不堪，只有眼睛还是熟悉的模样。他说，如果他能决定自己去哪儿，下个赛季他要尽其所能为亚特兰大猎鹰队加油。

“你会想念我什么？”他向她询问，“告诉我你会想念什么。”

你进门时的口哨声，她告诉他。你晾在绳子上的衬衫。我们在聚光灯下看萤火虫跳舞的那些夜晚。你的心。只有你我记得的有关孩子的事情。你皮肤始终温热的感觉。早上 7 点走廊扶手上，你喝了一半的咖啡。

她还能继续说下去，而他已经累了。其实已经足够了。真正的答案是一切。她会想念一切。她不知道,她习以为常地与卡尔生活、做一名妻子所意味的东西,要远远超出言语所能表达的。

第六章

“你好啊，”简·米勒对莱文说，“我叫简。我们前几天说过话。”

她的浅棕色头发简单地扎了个马尾披在脑后。相对于面庞来说过大的天蓝色眼睛，倒让她身上的柠檬色衬衫和土里土气的裤子，显得没那么糟糕了。她乖巧地坐着，用双臂环住腿，像在学校里被训话的孩子。

“我记得，”莱文说，“你是来旅游的吗？”

“这么明显吗？”她笑起来。

莱文看着她那双简朴甚至有些变形的鞋，心想的确如此。

“我从佐治亚州来，到纽约有一个星期了。你呢？你就是纽约人吗？”

“我生在西雅图，后来去了洛杉矶。不过多数时间都在纽约。”

“我进城的第二天就来这里了。”她拖着长音说，那种口音简直像从《飘》里出来的。“我知道我现在就该离开，到大都会艺术博物馆转转，或是去逛古根海姆博物馆，去帝国大厦或自由女神岛拍拍照，可这儿是我见过最离奇的地方了，我实在是走不动。”她大笑着说，“你去她对面坐过没？”

“没有。”莱文说。

“你会去吗？”

莱文摇了摇头：“我不确定我想去。”

“是啊，”简说，“我觉得我也不会去。”

他们看着一个男人离开玛丽娜·阿布拉莫维奇对面的椅子；另一个穿着绿色花呢外套、瘦削且驼背的男人坐了下来。十分钟后他就起身走开，换了一个年轻的女孩，她有一对娇小的肩膀，一头长长的直发。她的裙子很瘦小，露出的小腿也一样，看来拮据而艰苦的生活已经压倒了她。刚开始，她浅浅地坐在椅子边缘，像是随时要逃走；然而过了几分钟，她向后靠了靠，眼神变得好奇又专注。阿布拉莫维奇也像是从某个幽深的地方返回现实，向女孩回以十分强烈的注视。

简说：“昨天你看见那个坐着轮椅在阿布拉莫维奇对面的女人了吗？”

莱文点点头。他看见了。那是个黑皮肤的女人。他有点好奇，她每天是怎么入睡和起床的。

“那场景很动人，一个可以走路的女人，不能离开桌子；一个无法走路的女人，不能留下来。”简说，“人们都说那是场行为表演——一个可以走的女人坐在一个不能走的女人对面。可是那个坐轮椅的女人之后就离开了，这下人们都糊涂了。”

“啊哈。”莱文说。

“我喜欢他们把原来的椅子抬走，把她的轮椅推进来的时候，”简说，“他们没有直接让她坐在椅子上。”

莱文没有看到那一幕。

“他们也为另一个男人那么做来着——那个眉毛浓密、眼睛有点斜视的人,你看到了吗?我觉得他是个艺术评论家。是玛丽娜的朋友。”

“你怎么知道这么多?”莱文问。

“哦,我跟人聊天来着。好多人都常过来。有些人每天都来。比如玛丽娜的粉丝。还有些人在跟她学习,想当行为艺术家或是演员。那儿有好多学生呢。”

她指着那些背着背包、系着围巾、围在框线外面的年轻人说。

他们身后有人问:“这是个对视比赛吗?”

她笑了笑,莱文嘴角一歪,同她嗤笑了一声。他几乎每天都会听到这样的评论。很明显简也是。

过了一阵,简轻声说起来,她的眼神依然锁住坐在阿布拉莫维奇对面的年轻女孩,“我有点生气,这里到处都告示说不许拍照,可还有好多人在拍。保安会过来说一句‘不许拍照’,多数人就把相机放下;可保安一转过身去,他们马上又咔嚓一张。一定是我做老师的缘故。”

“你教什么?”莱文更多出于礼貌而非好奇地问。

“艺术。我教中学。”

十分钟、二十分钟、半小时过去了,那年长和年轻女人注视的目光依然没有飘移。站在框线外的人们悄悄地逐渐离开了。

简轻声说:“我确定阿布拉莫维奇对那女孩说的是,‘长大吧,小蝴蝶,长大吧!’你不觉得她整个人都舒展了吗?不过还是能看出她很费力,因为她心底里还是颓丧的,并不真的想成为蝴蝶,或无论阿布拉莫维奇建议的什么。”

莱文想,阿布拉莫维奇的确在用某种方式鼓舞那个女孩。在她的注视下,女孩坐正了些,肩膀挺直,头也抬起来了。面色看起来更加明朗。仿佛生命里头一次,女孩真实不虚地知道自己是美的。奇怪的是,他看着她时,觉得她也的确很美。他转头向框线外的人群看去,他们微笑着,似乎也发现了眼前正在发生的转变。然而当他余光回转,只有两个普通的人,坐在普通木桌前的椅子上,看着对方的眼睛。

"真有意思啊,"简喃喃地说,"你了解她吗?"

"不,一点也不。你呢?"

"一点点。你上楼看过那个回顾展吗?"

"没有。"

"她是个大收藏家。发票、笔记、信件,什么都有。同时也是艺术品,当然有再创作。人们还认为我们南方人保守——可纽约对裸体那么大惊小怪!"她笑起来,"那很棒,你一定要上楼看看。"

他点点头。

"回顾展为这里赋予了复杂的语境。她的生活就是一场前行。它引向了这里。她与马蒂斯、康定斯基等其他艺术家所做的无异,只不过她用自己的身体来创作。疼痛似乎帮她到了自己想去的地方。简直不敢相信她已经63岁了。你能想象那样坐一整天有多痛苦吗,更别说每天都一样?"

"她想去哪儿?"莱文问。

"我不知道,"简几乎耳语般地说,"不过我确实被这儿的某种东西打动了。很难说到底是什么。这儿让我想起小时候在教堂看到彩色玻璃窗上的羊群。它们似乎感恩自己为羊。"

那正是当莉迪娅答应嫁给自己时的感觉,感恩。"你能安定下来很好,莱文。”他的祖父如此说,“如果你知道一天结束的时候会看见谁,知道你要与谁成为家人,很多烦恼就迎刃而解了。你需要这个。何况她是个出色的姑娘。”

莱文曾看着莉迪娅静静地躺着,双眼望向窗外。她没在阅读也没有听音乐。只是躺着。

“感觉不舒服?”他问她。

“没有。”她用四分之一的音量说。

当病情发作时,她完全成了另一个人。她脸上失去往日的生气,眼中的光芒也熄灭了。在她口中,一切都令人失望。他当然是令人失望的。她生病后,以为他应该有所不同。然而他的工作并非是 9 点到 5 点的固定班制。如果有首配乐到了交稿时间,他一天得工作 18 小时甚至更久。他还要出差。有那么多工作室或是活动已预约了时间,乐队在等着曲谱,制作人要问问题,或是某个编曲有了新作品。

病情发作时,莉迪娅想独自睡,他就只好睡在客房。之后长达数周的恢复期会把他们折磨得精疲力尽。她要重新调整自己的日程,然后每晚都疲惫不堪。

“你知道,”长长的沉默后简说,“布朗库西①,那个雕刻家,工作了 30 年或更久,却几乎只用两种形式——圆和方。每件雕刻都是鸡蛋和立方体的结合。”

“好吧。”莱文说。

“它们看上去并不像鸡蛋和立方体,”她说,“可只要意识到了,你就看得出来。”

---

① 康斯坦丁·布朗库西(Constantin Brâncusi,1876—1957),罗马尼亚雕塑家。代表作有《吻》《睡着的缪斯》等。编注。

他看得出来她的学生是怎么看她的。这只在枝条间跳来跳去的鸟。

“一旦你知道了,”她接着说起来,“你就没法视而不见。我觉得阿布拉莫维奇没准也是这么想的。她在让我们换种方式去看,或是去感受某些看不到的东西。说真的,我猜感觉是看不到的。真奇怪我们在学校不教这些。你知道,那些看不见的事物却是如何真实存在。不管怎么说,我的意思是,当你看了回顾展,你会发现她总是探索内在的行动,或是纯粹的静默。”

他点点头。

“你是艺术家吗?”简问。

“作曲家。”

“哦天啊,”他告诉她自己配乐的电影名字后,她惊呼道,“我希望我能说都看过,但很抱歉没有。这就是那种纽约时刻之一。你是位名人并且,嗯……”

“青出于蓝啊。”他说。他如今独居。不必再去想汤姆或莉迪娅或艾丽斯。谁也不必想。他知道有一大票年轻作曲家在他身后虎视眈眈,意图取而代之。然而他有的是资历、经验,还有才华。

“嗯,真的,我很荣幸。”简说。

他注意到她的婚戒。也许她离婚了,也许她丈夫另有新欢。她看着不像在婚姻里的人。不过或许他也不像。

他们面前,那个曾变成蝴蝶的年轻女孩又缩回了自己本来的样子,似乎刚才伸展的努力已经做得够多了。她离开椅子,消失在人群中,而很快又出现在莱文左边的两个女孩身旁。

“你太厉害了!”莱文听到她的一个朋友说,“那是什么感觉?”

“有点可怕,”年轻女孩回答,“我太紧张了,不过她看起来很善良。哦,上帝,我哭了,真是太傻了。”

她的朋友们拥抱了她。

简向女孩们凑过身去,围巾搭在了莱文腿上。“刚才你看起来好像长大了。”她说道。

三个女孩一齐回头看着她和莱文。

“你看上去好像超越了自己的身体,变得漂亮、强大、勇敢。”简继续说。

那女孩盯着简,眼中涌出泪水。“真的?”她说,“那正是我的感觉。”

她的朋友们点点头,向简微笑,抱紧了女孩。

“我好惊讶你能看出来。”女孩对简说。

“别忘了那种感觉,”简说,“那很重要。谢谢你坐在那儿。”

女孩用纸巾擦去眼泪,为自己的情绪化笑起来。简转回到莱文身旁,冲他微笑了一下,没有多说什么,收回了围巾,眼神转向阿布拉莫维奇。

第七章

讲到这里,我并不想让你期待看到一个爱情故事。那就不是我心中关于聚合的故事了。这不是一个以吸引开始,以接吻结束的故事。至少莱文和简之间不是如此。

很难想象哪个男人会像莱文那样如同活在茧中。艺术总是伴随着孤独。或许也伴随着痛苦。至于是身体还是精神的痛苦,都无所谓。一切都是催化剂。痛苦是艺术的磨刀石,令它自我打磨,日益锋利。这让人沮丧,我并不想承认,但事实就是这样。

如果人类能活得久一点,事情会容易得多。人类的寿命太短了。在找到自己的使命之前,人们往往已耗费了太长时间。艺术其实是一种运动。核心是掌握跨越的本事。它是一种跨越的游戏。练习、练习、再练习,然后一蹴而就。每个人的出发点可能不同,但目的都是一样的:在死之前,做点有意义的事。

每个主意被发现以前,都无所现形。爱情来去无踪,可我们看得到它。魅力也是如此。灵感同样不可察觉,尽管它每天都不停唱啊跳啊。

如果你想知道的话,我有众多同伴。正如莱文母亲猜到的那样,世间没有人能看到我们。不过我们是来造福的。当你感到世事无常时,牢记这一点。

第八章

每天都来看玛丽娜·阿布拉莫维奇的还有一个人。她已经去世三年了。在她看来,死了和活着一样麻烦。她的名字叫达妮察·阿布拉莫维奇①。

“看那裙子啊,”达妮察对身旁的男人说,“哈,她觉得自己是女王吗?那是正红色。鲜血一样的红。所以她记着呢。她不会忘。”

没人能看见达妮察正俯瞰那块方框。也没人能听到或闻到她。达妮察端详着摄影师马可·阿内利。从表演开始,她每天都看着他抵达这里,观察着他如何摆放设备。

“嘿,拿错啦大兵,那个才是。真是个意大利人。”她说着,扬起下巴。

她想起在杜布罗夫尼克②的某个海蚀洞穴里,一个男孩曾为她唱过情歌。他也叫马可,现在可能也死了。她女儿要把这位马可囚在这儿75天。她想着,这么帅的小伙子要盯着玛丽娜和她脸上的

① 达妮察·阿布拉莫维奇(Danica Abramović),艺术家玛丽娜·阿布拉莫维奇的母亲。编注。

② 杜布罗夫尼克(Dubrovnik),克罗地区东南部港口城市。编注。

沧桑看这么多天,实在是太久了。不过,尽管艺术博物馆的保安们对着人群虎视眈眈,真有刀片或子弹向她女儿飞来的话,挺身而出的也许只有马可。她敢肯定。为此,她几乎可以原谅他身上的汤姆·福特牌①毛衣。她知道漂亮东西的诱惑力。

达妮察看见燃烧的树叶将地面染成红色和橙色。火光像水一般在树林中流动。她的肺如熔银般灼热,喉咙如贝壳般干涩。无所畏惧。没有旗帜。也没有风。这难道不像一首鲁米②的诗吗?她看见前方有个骑白马的男人,她屏住了呼吸。他在林间穿梭,在枪雨里腾挪。是瓦乔!

"他们杀不了我,达妮察。"他冲他喊道。他很年轻,一双虎目大而有神。"只要你有信念就不会死。"

她让他倚在自己的腿上,为他疗伤。她止住了血,为他翻了个身,看见他的背被子弹打得千疮百孔。

"用烟头把它们堵住!"他大笑着说。

她为他封好伤口,双手显得又大又笨拙。她将他转过身来,他的虎目暗淡了。

"我们是过去的龙。"他说。

战争过后,他们结婚了。她为他生下两个孩子,玛丽娜和她的弟弟韦利米尔。他对她说:"英雄时代已经过去了。没人再相信了。"声音如李子白兰地一般粗烈。

"如果我们质疑就可以活,为什么要为信念而死?"她想看见他

---

① 汤姆·福特牌(Tom Ford),由美国设计师、导演汤姆·福特创立于2005年的服饰、彩妆品牌。他曾任古驰和圣罗兰的创意总监。编注。

② 莫拉维·鲁米(Rumi,1207—1273),苏菲派诗人。他在波斯文学史上享有很高声誉。编注。

的笑容,故意问道。要是他还能对她笑就好了。

“世界就是一个大剧场,达妮。你知道这一点。什么都无以为信。”

“相信我。相信我们的孩子。我们有一个女儿和一个儿子,他们需要我们能给予的一切。”

那时他已不再是英雄了。不是铁托总统的英雄,也不是她的。他已将所有的力气献给了战争。

她梦见他骑着白马,手持白旗,站在夏天的田野里。就像玛丽娜曾在一幅照片里摆的造型。她怎么敢偷她妈妈的梦?

“达妮!”瓦乔冲她叫道,“我放弃。我真的要放弃。”

“不行!”她大喊,“不要放弃。永远不许放弃!我不会再爱你了……”

然而这不是真的。哪怕他为了另一个女人,一个更年轻、更可爱、更漂亮的女人离开了她,她也依然爱他。她一直爱着他,期盼他回来。

她记得玛丽娜还是个小女孩的时候,曾问她,“要是我不能那么勇敢怎么办?不能像爸爸那么勇敢?”

“你生来是金属还是沙粒?”她问女儿。

她将自己的战争故事深深埋藏。尽管有机会,可她为什么没有告诉玛丽娜?瓦乔为什么从来不对孩子们说,“看看你们的妈妈——你知道她都干过什么吗?”

因为她是个女人,而战争结束后男人从不会那样谈论女人。似乎那只是一场男人的战争。瓦乔知道她夜里会冒虚汗,知道她醒来时伸手想摸那些已不在的人,拍打着床铺要灭火。

博物馆里有那么多的面孔,有时候达妮察看着他们,会觉得每张脸都属于玛丽娜。

“奔跑吧，因为你可以，”她希望自己曾对女儿说过，“奔跑吧，因为你生来就面对战马、枪弹、燃烧的土地、照亮天空的火光。你生来就属于胜利者。永远别忘记这一点。”

晚上，玛丽娜睡下后，达妮察便如幽灵那样飘出去，在树林、星光间漫步，穿过中央公园又返回来。

有些夜晚她就站在那儿，看着她的女儿在轻柔的闹钟铃声中醒来，喝掉床边玻璃杯中的水。达妮察知道玛丽娜渴望阳光。渴望睡眠。渴望有几天或几个星期能在夜里安睡。而如今，她只能靠每小时一次的闹钟调节身体，确保每天能保持七小时坐定不动。

自己已死去三年，达妮察清楚若是失去了笑容、朋友与交流，生命会缓慢地消亡。

闹钟再次响起，又一个小时过去了。达妮察看见玛丽娜醒了，从床上挣扎起来。达妮察不知道玛丽娜梦见了在马其顿大街上的旧公寓。她藏在饼干罐里，直到妈妈找出来，吃掉了她。而玛丽娜感觉自己是一条蛇，从妈妈的身体上滑过，在地板上蜿蜒而行。她的爸爸瓦乔·阿布拉莫维奇将军就骑着白马站在那儿。身为蛇的她大喊起来，声音却消失在空中。

达妮察能听见玛丽娜在卫生间小便，然后回到床上。

达妮察在房间另一头对她说：“他们杀不了你。只要你有信念就不会死。”

玛丽娜直直地看向她的亡灵母亲。达妮察战栗起来。玛丽娜察觉她了！

“你生来是金属还是沙粒？”她问。可她的女儿已枕着枕头，闭上了眼睛。

达妮察守在她的床边。当玛丽娜在中庭正中的木桌旁坐下,达妮察就待在楼上的露台上。她什么都没忘。她什么都知道。我经过时向她致意,尽管她看不见我。

达妮察·罗斯可·阿布拉莫维奇少校。前南斯拉夫贝尔格莱德革命博物馆的前任馆长。

第二部

开始时抵抗比最后才抵抗容易。

——莱昂纳多·达·芬奇

第九章

看到下一位穿过框线走向空椅子的女人，莱文很是惊讶。她有六英尺多高，皮肤黑亮，长卷发紧紧扎起。长得过分的瘦削的腿上穿着黑色牛仔裤，红夹克，红指甲，光着脚。

“天哪，她真不可思议。”简说。

“的确如此。”莱文笑着说。

“你认识她？”简问。

“她是希尔亚斯·布林，”他说，“在美国国家公共电台做《纽约艺术评论》节目。”

他没说出口的是，直到最近，希尔亚斯都是他最亲近的朋友。而且，过去10年里，他一直在椴树俱乐部为希尔亚斯的乐队作钢琴伴奏。希尔亚斯还是汤姆的前女友，而莱文的第一部电影配乐就是汤姆·华盛顿介绍给他的，他的作曲生涯就此开始。25年间，他们合作了8部电影，是关系最持久的伙伴之一。之后，汤姆找了个更年轻的作曲家。

“我只是想试试他，”汤姆说，“我觉得他有些很特别的东西，可以用在这个项目上。”

“明年咱们会合作另一个项目。”汤姆和希尔亚斯在一起的最后那个聚会上，他这么说道。

此后不久，希尔亚斯就从洛杉矶搬回了纽约。

“他是个风流种——你们是这么说吗？”希尔亚斯带着点口音问莱文和莉迪娅。怎么会有男人背叛希尔亚斯·布林，难道不该追随她直到世界末日吗？莱文想不通。

后来，汤姆在某晚回家的途中，死于鲁蒂坡道上的雪崩。“熟悉生危机。”验尸官在阿斯本当地的报纸上说，“人们总以为自己能战胜环境。”

莱文不能完全原谅汤姆留下的空白，也不能原谅他死于这么愚蠢的事故。他不知道自己为何总以这种方式失去亲友。一棵倒掉的树夺走了他的母亲，一场雪崩带走了汤姆。一直到新年，莱文都躲着希尔亚斯和所有要对莉迪娅的处境发表意见的人。她的处境。不太合适，但的确如此。不太正常，非常不正常。但他们的处境就是如此，而人人都想对此指点一番。可是没人认为他该遵照莉迪娅指示的去做。继续他的生活、他的音乐，忘掉莉迪娅的处境。他完全清楚希尔亚斯将站在哪一边，可他不想证实。他知道她留过信息、发过邮件。其他人也一样。早些时候，他关掉了手机的留言信箱，收到邮件后，他不看就删掉。

当玛丽娜·阿布拉莫维奇抬起头睁开眼时，他看到希尔亚斯在对她微笑。阿布拉莫维奇的表情没有变化。不过几分钟后，她在椅子上向前倾去。希尔亚斯也镜像般前倾了身子。这不再只是互相凝视。四目之间现有进行的是一场对话。

“对艺术评论家来说，置身艺术之中是多奇妙的感觉啊，”简喃喃地说，“这场表演让艺术界沸腾了，惠特尼的克丽茜·艾尔斯也来了。”

希尔亚斯表现得很平静。从她的身高、走路的样子看,你会觉得她坚不可摧。可你错了。她时常需要莉迪娅安抚。莉迪娅请她吃饭,与她长谈到深夜——女人之间的那种窃窃私语、意义非凡、有趣可笑的谈话啊。也是莉迪娅确定将她纳入感恩节和生日晚宴宾客的名单。

他想知道希尔亚斯最近有没有见过莉迪娅。是的,他能感觉到她肯定见了。可能就在昨天或上周。他不愿想莉迪娅现在是什么样子。他不能想。他站起身,伸直双腿。

“我一会儿就回来。”他对简说,似乎她已经是同伴而非陌生人。他不想坐在一个希尔亚斯只要回头就能看见他的地方。他穿过人群走向墙边,站在那儿看着来来去去的人。过了一阵,希尔亚斯看上去还要再坐一段时间,而他的腿也站疼了,于是他回到简旁边。她给了莱文一个欢迎的笑容,又继续看着那两个女人。

爱情意味着很多东西。一系列生物和化学的相互作用。种种责任。一种虽看不见,但生活会逐渐浪漫化与外向化的倾向。一种确保生育的必要关系。一种抵抗孤独、维持社会结构的应对策略。

他表现出了爱情的所有征象。他觉得自己一次又一次地爱上莉迪娅。然而困境随之而来。她病了,变得陌生,不再是他认识的莉迪娅了。验尸官是对的。熟悉是危险的。

圣诞节那天,他从医院出来后,大部分时间都在走路。他走到布鲁克林,又继续向前,一直走到感觉不出自己的手指和脚趾了,才拦了一辆出租车。他睡了几乎一整天。他从不知疲劳为何物,可自从她病了以后,他变得非常累。他要记得洗发水用光了。猫会饿。

他还得喝掉过期的牛奶。他不去看电话留言器的闪烁。莉迪娅的朋友和同事很乐意帮任何忙,无论早晚。不过这份好意对他没用。

他记得他确认过水槽上的电动牙刷是莉迪娅的,而他哪里都找不到自己的,最后只好用了一把飞机上赠的。几天后他才意识到那就是自己的电动牙刷,而当时他只能看出它属于莉迪娅。他担心这是某种象征。他是谁,如果没有莉迪娅,没有她的想法、衣服、食物和朋友,没有她的时间观念和消遣方式的话,他还会是谁?如果他只能按自己的方式和节奏生活,需要多久他才能完全撇清与她的关系?那个人会是什么样?他不想知道。可他别无选择。如果有什么他知道的,那就是日子总要过下去,无论你准备好没有。

他开始晚睡。不再按莉迪娅惯常的早上 5 点就起床,他发觉自己的身体 7 点才能醒,后来拖延到 8 点,最近一场雪降在露台上时,他 8 点 45 分才起。直到那时,他才开始吃热早餐。他会穿上靴子和外套,信步穿过广场去第三轨咖啡馆,点一大杯玛奇朵。回家的路上,有时他会再买一个洋葱百吉饼,中午 11 点配上浓缩咖啡机做的咖啡一起吃。有时也会买些蓝莓。然后他就在工作室里一直捣鼓,听听旧素材,思考下张专辑。他几乎把所有时间都花在了自己的唱片上。

到了 3 月,他把自己的盥洗用品摆在架子最顺手的一层,把莉迪娅的东西挪到了下一层。他不再听从莉迪娅的意见,而是把洗碗机放在自己想放的地方。他让里格比挨着自己睡在床上。他看到詹姆斯·霍纳和汉斯·季默①双双与奥斯卡最佳配乐奖失之交臂。这并不令他高兴。恰恰相反。他担心整个世界已经变得有点像海绵。如果他伸手四处触碰,世界会随之震颤。如果人生是不可知的,不过来自一场无形力量的舞蹈,那么他和莉迪娅之间的事根本毫无意义。然而并非如此。他知道这是有意义的。又如果这是一场梦,他想知道什么时候能结束。

也许只要他去看莉迪娅,一切就能结束。可他不愿这么做。他不能这么做。他在看相对而坐的希尔亚斯和玛丽娜·阿布拉莫维奇时,一直想着这些。

将近一小时后,希尔亚斯离开了椅子。莱文用手捂住脸,挡住眼睛,在这隐秘的时刻静静呼吸。他希望她能看到他,又希望她看不到他。当他移开手,环顾四周,她已经走了。

---

① 詹姆斯·霍纳(James Horner,1953—2015),美国音乐人、作曲家。曾为电影《勇敢的心》《泰坦尼克号》《风语者》等配乐。汉斯·季默(Hans Zimmer,1957—),德国作曲家、电影配乐家。曾为电影《雨人》《为戴茜小姐开车》《狮子王》等配乐。编注。

第十章

一起看阿布拉莫维奇后的第三天下午，莱文提出闭馆后请简喝一杯。简建议去自己旅馆的酒吧。

“如果不是太冒失的话。我只想进去坐坐，一个人去会显得很奇怪。并且我想让你知道我已经结婚了。丈夫刚刚离世。我觉得有必要告诉你。”

“不错的旅馆，”他说，她住在那里让他有点吃惊，“你知道，它属于罗伯特·德·尼罗。”

简一直到入住时才知道这个。她不记得自己为什么会订这一家。卡尔死后，这些小决定她都想不起是怎么做的了。似乎脑袋的一部分已不受她控制，自行运转。

他们乘地铁到运河街站下车，穿过几个街区，走向哈德逊广场。莱文没有再问她的个人情况，不过此时他能看出“寡妇”两个字就像会议代表证一般别在她身上。这样也许会容易些，他想，如果自己也能用一个标签概括的话。背叛者。懦夫。鳏夫。被弃者。遗弃者。想对他的处境作任何解释，都需要一番长论，或一场雄辩，一首赋格曲。有时还得伴随一段寂静，或重音。

酒保招呼了他们，端来冰水和一盘热橄榄。

“我不知道要点什么。”简笑起来。

酒保推荐马提尼，她接受了。莱文点了一杯健力士。离开博物馆，他发觉他们像是两个莫名陷入痴迷的信徒，阴差阳错走到了一起。他意识到他们毫无共同点，突然觉得在她身边有些尴尬。

“你作曲的时候，有机会见到电影明星吗？”

他摇摇头：“大部分时间我都是独自工作。完成后，如果导演对配乐满意，我会组建音乐创作团队，周密配合。我要用很多时间与导演沟通、观看影片剪辑，不过并不能接触到演员。我年轻些的时候，还会花时间了解影片背景。这事没什么神秘的，都是技巧。布光，表演，剪辑，都是让幻想成真的要素，音乐只是其中之一罢了。”

“是什么激励了你——你知道，一开始的时候？”

“你看过《好人、坏人和丑鬼》吗？”

简摇头。

“是克林特·伊斯特伍德①早年的作品。”莱文说，“埃尼奥·莫里康内②做的电影配乐。他的作品还有《战火浮生》。那部配乐很了不起。”

“《战火浮生》我们看过，”简说，“剧情太悲惨了。”

“嗯，只要你听过《好人、坏人和丑鬼》的配乐，也一定忘不了。”

简说：“我得承认，我们不是影迷。”

---

① 克林特·伊斯特伍德（Clint Eastwood，1930—），美国演员、导演。执导电影有《廊桥遗梦》《百万美元宝贝》等。编注。

② 埃尼奥·莫里康内（Ennio Morricone，1928—），意大利电影配乐大师。曾为电影《海上钢琴师》《天堂电影院》等配乐。2007 年获“第 79 届奥斯卡奖终身成就奖”。编注。

“你和你丈夫吗?”莱文问。

“是啊,”简说,“卡尔去年9月才去世,现在就不说‘我们’好像有点早。我还不太习惯。我们,就是你和我,能不能假装我肩上没有一个故人,继续说下去?”

莱文点点头,瞬间对这个画面有点反感。他几乎能确定她接下来要问他是否已婚。然而她没有。

她笑着说:“所以究竟怎么发生的?你是怎么开始做电影配乐的?”

“我的一个朋友……一个作家兼导演……我们在茱莉亚音乐学院认识的。”他耸耸肩,“这种事儿常发生。”没必要提到汤姆。这是他肩上的故人。

简说:“你一定拿过不少奖吧?”

“拿过一些。”

“包括奥斯卡吗?”

“三次提名,没有得过。但还是不能跟兰迪·纽曼①比。他被提名了差不多有17次,只有一次拿了奖。”

“有时候,”简说,“我觉得声名显赫像一种隐疾。每个见到你或晚宴上坐你身边的人,他们都知道你有名,而且我肯定他们会因此改变自己的举止。”

“有点道理,”莱文说,“除非他们更加有名,那就是你要改变了。在电影圈里,很明显能看出谁更有名。”

“啊,”她说,“那我保证尽量表现得毫不被你的声名所动。”

“那可太糟了。”莱文说。她笑起来很好看。他肯定自己上中学

① 兰迪·纽曼(Randy Newman,1943—),美国作曲家、歌手、钢琴师,曾为电影《玩具总动员》《虫虫危机》等配乐。编注。

的时候，一定会喜欢这样的艺术老师。

“我们一起吃晚餐吧？”他提议说，“我们可以走到肉库区。当然这里也很不错。”

“哦好啊，”她说，“这里我已经吃过了，味道很棒。我也在特里贝克烤肉店和澳门餐厅吃过，都很惊艳，不过一个人吃饭总是很难堪。而且有那么多地方可看，待在酒店点客房服务也太丢脸了。”

“嗯，有个小馆子做的法餐很不错……”

“你确定你的妻子不会介意吗？”她问，意指他手上的婚戒。“你跟一个在现代艺术博物馆遇见的陌生女人一起喝酒吃饭？”

“不会，”莱文说，“她……出门了。她经常旅行。她会高兴的，如果我……”不孤独的话，他想道。不过他说的是，“我热情好客的话。”

“能给我十分钟吗？我得上楼收拾一下。并且我们别再谈我丈夫和你妻子了。同意吗？”她又补充了一句，“还有种棉花的事儿。”

“种棉花？”

“我丈夫生前的工作。不过这个话题到此结束。”

她返回时，脱掉了牛仔裤和毛衣，换上了黑色短裙和浅蓝色丝质衬衫。脚上的硬底跑鞋换成了低调的黑色平底鞋，头发挽了起来。突然间她可以称得上是美人了。一个不完美的莉迪娅模仿者，莱文意识到，像哈哈镜里照出的一个轻微变形的影像，他感到周身一阵震颤。他到底在做什么？他耸耸肩。她是个游客。而他不过是在表示好意而已。

出门时，外面下起绵绵细雨。门房递给他们两把伞。

“我们走路可以吗？”他提出。

"没问题,"简大笑着说,"这是场奇遇。我在纽约,我不压抑热情!"

开始他们沉默地走着,然后她开口道:"所以,莱文,你为什么住在这里,不待在电影基地洛杉矶呢?"

"哦,这里也制作过很多电影。而且纽约很适合做音乐,生活方式也更精彩。"

"你现在是空闲期吗?"

"不是,"莱文说,"我在为一部动画片做配乐。"

"给孩子看的吗?"

"不,给大人的。"

"那不是很不寻常吗,给大人看的动画片?"

"这是一部日本电影。传统上更多……"

"是不是进展不顺利呀?"

"为什么这么说?"

"哦,因为你一直去看玛丽娜·阿布拉莫维奇,有——多久了?连续五六天吧。如果我没记错的话。"

莱文做了个苦相。

"你都是这么做吗?分散注意力,来酝酿创作?"

"嗯,这个项目很难。我过去没做过动画片。"

她点点头。"不管怎样,你已经做了很多成功的音乐。这对你有帮助吗?知道这一点?"

"并不很有用。"

他们在另一个红绿灯路口暂停。等绿灯的时候,简说:"你知道,20世纪有位艺术家叫塔玛拉·德·兰皮卡,她是波兰人,不过在巴黎学习并发展出一种独特的风格。她成为了欧洲最著名的画家之一。某种意义上，沃霍尔那种名声大噪的事儿，她早就经历过了。她的技术很大胆，几乎是摄像式的。然而除掉早年的成功，她35岁以后几乎就不再有什么重要的作品了。”

“你说这个是为了让我感觉好些吗？”莱文说。

“不是，也是。我的意思是，我觉得每位艺术家……嗯，我只是个老师，所以我并不清楚，不过据我观察，”简咬了下嘴唇，侧看着他说，“所有的艺术都有其所属的时代。有些艺术的寿命很短。可能是因为时代变了，也可能是艺术家变了——从比喻和字面意义说都是如此。所以当我们看到一位艺术家的创作周期很长——几十年里能够一直产出了不起的作品的时候——我觉得不符合原则的例外比比皆是。你已经完成了，嗯，很厉害的作品。很厉害。我确定当你坐着看阿布拉莫维奇或做别的事时，无论你在酝酿什么，你都必须相信它。每件事都很重要，我观察到的就是如此。你要保持警醒，就能继续向前了。”

莱文感到有种强烈的渴望想跟她谈谈莉迪娅。之前有几次，他战胜了要把这事儿告诉完全陌生的人的冲动。地铁上的某个人，或是某个递咖啡给他的服务生。有些日子他感到身体里有重物，像是有口钟在摇摆，好像他不告诉什么人，随便什么人，它就要从他体内闯出来。

上星期，他发现如果他出门去现代艺术博物馆，花上一天时间看阿布拉莫维奇，他就可以在傍晚时回到公寓，工作到深夜。他就像是另外一个人，一个在办公室工作一天的人，有份全职工作的作曲家，回家后将自己的想象压进傍晚的寂静里。一个孤独的、无人知晓的艺术家。可能是个鳏夫。或单身。从未结过婚。

他一直在打磨新创意。与汤姆合作的最后一部电影结束后，他做过一张专辑。25 年里的第一张。那张专辑的反响褒贬不一。有种评论称它“过于复杂”。他视为对自己的赞赏。第二张专辑被称为“一种后天养成的品味”。更差的评论说,“看到一位艺术家变换跑道总是令人困惑。汤姆·华盛顿的前作曲家如今在现代音乐的土壤里寻觅天才的松露。在这场从久石让到菲利普·格拉斯①的奥德修纪里,他缺乏的,就是方向。”莱文震怒不已,甚至把东西扔到墙上。他的手机。他还记得莉迪娅怎样补好了水泥墙上的洞。

尽管如此,谦虚点说它卖得不错。刚好够让莱文认为,下张唱片会有突破。他开始期待获得不一样的肯定;不只为了自己的作品,更是一种报复。他想让作品在卡耐基音乐厅演出。他想要霍华德·肖在完成《指环王》配乐时,从彼得·杰克逊口中获得的那种赞美。他想向汤姆证明,后者的结束合作有多么傻。莱文知道他能做好汤姆的最后一部电影,而且会比汤姆签的那个新起之秀更好。莱文已准备好拿出一件大作品。要是没预备登峰,该怎么迎接 50 岁?

这就是我看到艺术家踌躇不前的时刻,在反抗与妥协之间摇摆不定。你可能会惊讶,艺术家真正满意的时刻有多么罕见。当他们沉浸创作,陷于颜色、动作或声音,陷于语言、黏土或绘画、舞蹈,当他们臣服于艺术时,他们将明白两件事:生命的空虚与死亡的强力。宏伟与空洞,最伟大的艺术表现的正是这一主题。成为真相的预言家要有所付出。想在保持疏离感与渴望荣耀之间、在寻求深沉与期待喝彩之间获得平衡,并不容易。艺术家要编织的是永恒啊。

① 菲利普·格拉斯(Philip Glass,1937—),美国作曲家。代表作有《北方的星》《玻璃工厂》等。编注。

第十一章

我伴随艺术家为时已久。阿特米西亚·简提列斯基①接受强奸案审讯时,我在场。她拿着刮刀划过油画中荷罗孚尼的脖子时,我在场。我就站在旁边,看着她写下:“我会让你们看到女人能干什么。你们会发现一个女人的灵魂里有凯撒的勇气!”想象一下,那可是500年前!

我曾陪在多萝西娅·特布斯身边20年,看着她把孩子抚养长大,直到可恶的婆婆过世,她方才重拾天赋。是我拜访了疯人院中的卡米耶·克洛岱尔,她天才的双手荒废终日。30年里,我看着她慢慢死去,却说服不了任何一个人给予她自由或黏土,无论她的情人罗丹还是她的弟弟。我站在梅蕾特·奥本海姆②身边,她正用毛皮裹住茶匙和茶杯,而马克斯·恩斯特③宣称,年仅23岁的她已经

---

① 阿特米西亚·简提列斯基(Artemisia Gentileschi,1593—1652),意大利女画家。她创造了艳丽的“阿特米西亚金黄色”,艺术风格影响深远。

② 梅蕾特·奥本海姆(Meret Oppenheim,1913—1985),瑞士艺术家。

③ 马克斯·恩斯特(Mar Ernst,1891—1976),德裔法国画家、雕塑家,被誉为“超现实主义的达·芬奇”。

超过了他们——杜尚、布勒东和所有超现实主义艺术家。

我曾见过许多天赋卓绝的女人——索福尼斯巴·安圭索拉年方 20 岁，凯瑟琳娜·梵·赫莫森也是，克莱拉·佩特斯才 13 岁。她们都出生于公元 1600 年之前。如果你都不认识，可以找画作来看。她们每人都有一个了解其才能并榨干其价值的父亲。每人都有一个同样才华出众的母亲，这些母亲却终生操持家务，安分守己地做着贤妻良母。如此多的女人从未要求、也从未得到过画笔、调色板、画布、油墨、教导、纸张和时间。因之产生了当前这巨大的失衡。

玛丽娜·阿布拉莫维奇一生都在拒绝传统的期待。这是她命名为《艺术家在场》的路演第 31 天。自第一天起，她就有过幻觉——有时是一瞬间，有时会持续一个小时或更长。静坐的差事看起来并不痛苦，但相信我，这是很不好受的。

幻觉和疼痛的感觉只会越来越糟，不会好转。这种情况下，身体是不会宽宏大量的。它不喜欢被忽视。有许多套系统要让大脑后悔自己的专横。内分泌、神经、血液循环、淋巴、外分泌、消化、泌尿、呼吸、肌肉。

我们眼中的玛丽娜静坐不动、眼神专注、聚精会神，可她体内正翻江倒海。所有系统都试图运转，而她却要保持静止。那么她的理智呢？嗯，那种平静下的幻觉，与其他系统一样忙个不停。她心事重重，又放空一切，这也是一种冲突。她游荡在多重感觉、思想、记忆之间，又像其他人一样清醒，与此同时，她看进陌生人的眼中、心底，寻找保持平静的支撑点。她擅长在疯狂的刀尖上舞蹈，也擅长从痛苦中获得蜕变的慰藉。

第十二章

饭店里，简和莱文聊着这里的田园风格，他们很走运，恰好有空位和菜单。他们都点了鹅肝作为头盘。后桌边坐了 12 个女人，不时爆发出一阵大笑。他们不得不见缝插针地讲话。

“阿布拉莫维奇的作品哪里吸引你？”简问。

“我不知道，”莱文说，“还有待我探索。”

“楼上那个回顾展，”简说，“有一张桌子，上面放着各种东西——比如一支玫瑰花、一瓶橄榄油、一条链子、一条鞭子、一瓶酒、一把刀、一把钢锯、一把枪和一枚子弹。全部来自她 1972 年的一次表演。在意大利。她邀请观众用桌上的任意东西随便对她做任何事。”

“然后怎么样了？”

“嗯，他们脱掉了她的衣服，割伤她、打扮她，在她身上写字。他们把她抬起来，捆在桌子上。最后，有人把枪上了膛，指着她的头，试图让玛丽娜自己扣动扳机。”

“她做什么了？”

“她一动没动。差点死掉。还好有观众阻止了伤害她的人。”

“真可怕。”

“你看照片的话,会发现她在哭。不过她一点都没躲。整整6个小时她都听凭处置。我不由想,这一定跟她小时候的经历有关。”

“很糟糕吗?”

“她父母在二战中救过彼此的命。这么浪漫的开端,你一定以为他们会幸福下去。并没有。他们互相憎恨。她母亲持家如治军。”

菜品不断上桌,冲淡历史的阴霾,回忆渐次展开,沉入养育与事业的旋涡,又避开了关于婚姻与哀痛的深水。他们常常从玛丽娜·阿布拉莫维奇开始聊起,就某个想法深谈下去。后桌几个女人的笑声依旧不停,扰乱他的思路,冲击他的耳膜。他和简像两个观察者,各坐桌子一端注视对方,眼神交汇又闪开。酒不错,菜也好吃,只是过得太快了。当他为简披上外套,两人踏上鹅卵石路时,莱文想,今晚如背景乐一样无足轻重。我只是试着正常生活罢了,他想。

雨停了,他送她回到格林尼治旅馆。傍晚有着初夏的宜人。他们在人行道上站了一会儿,然后她主动与他握了手。他本想吻她的脸颊,但时机已过。她笑了,再次向他致谢,门房打开了大门。

莱文穿过几个街区走回华盛顿广场。夜色温柔,街道朦胧,门廊黝黑。红褐色的天空下,四周尽是街灯、车前灯、后灯、明窗、霓虹和灯箱。星辰消隐,电力与工程的喧嚣逼退了它们。人们在喷泉边流连,谈笑风生。孩童们四处跑闹,忘了夜色已晚。两个人弹着吉他唱起《嘿,朱迪》。几个观众加入合唱。步道上有蒸汽、橡胶和燃油的味道。他继续穿过街道。

他想知道,如果他提出,简会不会和自己做爱。除了莉迪娅,他已经很久没有对人如此提议了。想到对着一个陌生人赤裸身体,就像是一记警钟。不过他要以后再去想它。他想起了希尔亚斯,想起自己曾多想与她做爱。他想象每个见到她的人都想着同样的事。他从未说出口，但仍不可抑制地去想。汤姆没有随她去纽约，死得太不应该了。

他不确定简的床上功夫如何。她的手很朴实。他想知道，如果告诉简自己的妻子是莉迪娅·菲奥伦蒂诺，那个著名建筑师，简会说什么。或许简曾去过莉迪娅设计的建筑。或许她曾在某本杂志上读过有关莉迪娅的报道。

我妻子在护理院，他在想象中说。她曾陷入昏迷，如今已经清醒了。不过她再也无法走路，也不能开口讲话。健康的时候，她曾是精力最旺盛的人。我们都知道总有一天会发病。这是遗传。不，我不会经常看她。我压根没有去看过她。她希望如此。她申请了法院禁令。我们的婚姻曾经很幸福。我想是这样。我们的女儿艾丽斯已经22岁了。我从未在适当的时候了解过她。什么又是适当的时候呢？她小时候？青春期？我总是很难知道要跟她聊什么。她会和莉迪娅说，然后莉迪娅再告诉我。一向如此。我不喜欢她爱听的音乐。她加入了一个纯粹是重金属风格的乐队。我根本不懂。我很忙。我总在工作。那不是应该的吗？不是身为父亲该做的吗？不，我没想过要反抗法院禁令。我想去看莉迪娅吗？想，也不想。我想念艾丽斯吗？我想她。

他知道，如果他是个有意向的客户，致电莉迪娅的事务所，前台会告诉他菲奥伦蒂诺小姐出远门了。她不会说菲奥伦蒂诺小姐如今住在汉普顿的某处。她会告诉他，莉迪娅的合作伙伴塞尔玛·埃尔南德斯正打点一切。他能预约小姐返回后的时间吗？不可以，前台会回答，现在还不行。因为——尽管她不会这么说——菲奥伦蒂诺小姐将永远缺席。

第十三章

圣诞节的前两天,艾丽斯打来电话:“爸爸,我想你最好来一趟医院。妈妈的情况不太好。”

他看见雪落在华盛顿广场上,感觉生活焕然一新,充满可能。新年就要到了,新专辑的构想已经成型,他们搬进了新公寓。他需要莉迪娅让他彻底安心,证明这三千平方英尺①的房子真的属于他们。搬家公司终于撤出了。他试着装好了电视,这样 8 点 30 分的时候就可以看巨人棒球队的比赛。这场比赛很关键,将决定巨人队能否进入季后赛。

莉迪娅乘飞机从伦敦回来后,在机场给他打了个电话,告诉他自己要去医院。这种突然发病的情况已愈加频繁。

他看看表,估算了一下自己调试频道的时间,以及还能不能再拖延 15 分钟,设好比赛时的自动录像。不过逢上降雪,圣诞节期间的交通情况只会更糟糕。他放弃了,洗了洗手,找出自己的围巾和帽子 。他只要 8 点 10 分前赶回来就能及时调好。时间太紧张了。

---

① 约 278 平方米。编注。

医院里,莉迪娅连着医疗监控器,挂着吊瓶。艾丽斯掀开被单,给他看莉迪娅臀部的淤青,一直蔓延到脚踝。莱文讨厌淤青。

"什么时候的事?"

莉迪娅虚弱地耸耸肩,"我想是昨天吧。"

他试图记起上次他们做爱的时间。可能是在她出行的前夜。他想在他们的新家与她做爱。带她回家,而不是这个不属于她的地方。

"所以你要在这里过夜吗?"

"是的,"莉迪娅说,"可能还得再住几天。他们认为我的肌酸酐比值太低。伊丽莎白过会儿会带检查结果来。"

她常年备有一份医疗委托书。过去几年里,紧急联系人的名字一直是他。然而当艾丽斯年满 21 岁时,莉迪娅更换了文本。他对此很受伤。他们吵了一架。最后他妥协了。这是莉迪娅希望的。

"公寓很棒,"他说,"你会回家过圣诞的,对吗?"

"我在想呢。能看到它就太好了。今天都拆完箱了吗?"

"今天简直太累了。我都要崩溃了。幸好你没赶上。"

"对不起,我病得真不是时候。不过伦敦的事儿都很顺利。"她拉起他的手用力握了握。"真遗憾,搬进新家的第一天我没有跟你在一起。"

他看着一条突起的青筋沿着他拇指握着的地方一直延伸到她的头部。"我买了瓶凯歌香槟。咱们可以改天晚上再喝。"

"你不是有场大比赛要看吗?"她问。

"八点半。"他说。

"你走吧。现在回城区路上不好走。而且我知道待在这里陪我会很闷。"

“妈妈……”艾丽斯说。

“你确定?”莱文说。

“当然。”

“你带妈妈的睡衣或别的什么来了吗?”艾丽斯问。

“你需要吗?”莱文问,对艾丽斯的语气有点不满,“你不是带手提箱了吗?”

“是的,我带了。”

“新睡衣总是好的。”艾丽斯说着,板起了脸,避开他的目光。

“让我缓口气,艾丽斯,”他说,“我一整天都在搬家。我并不完美。”他看向医院的钟,已经7点31分了。

“走吧。”莉迪娅说。

他弯下腰吻了她,又吻了艾丽斯的额头。“再见,我的女孩们。我爱你们两个。”走到门廊,他对莉迪娅说:“好起来。”

她需要做血浆置换,然后是透析。圣诞节到了,他在医院吃的午餐。她依然住在加护病房,于是那只插有12支玫瑰的花瓶只好放在前台桌上。被子下的她,面色晦暗,身体潮热。她也没有起身看他为两人下载的电影。

她说:“你有好多地方都让我非常爱。”

“意思是还有很多地方你并不爱?”

“求你,我并不是——”

“不,说真的。这次我哪里做错了?”

“今天是圣诞节,而我正在吃医院餐。我本来期待有熟食店的火鸡派呢。”

“我还以为你不饿。”

“我更希望你会想到。我知道给我带吃的,你会更费事。要在熟食店停车,挑选食物。可今天是圣诞节啊。”

“我给你带了玫瑰花。”

“它们很美。谢谢。但在病房我不能接触花。你是知道的。我知道你不能理解,当你如此……的时候,我有什么感受。我在想,如果这一次是诀别,你不能理解也不要紧。我们还是很快乐。我们已经做到最好了,我俩都是。可要是我痊愈了……我还有那么多事情想做……”

他拉住她的手,而她看起来比以往任何时候都悲伤。

“和我一起吗？你依然想和我一起做那些事吗？”

她说:“阿基,我亲爱的,我的情况不好。自己能感觉到。我已经历无数次了。我不确定这次能不能从这里出去。”

“你太累了。今天是圣诞节,而你待在医院里,这让你沮丧。你会好起来的。”他吻了她的前额,闻见她皮肤里散发出淡淡的药味。

“你得听我说,阿基。求你。有一个疗养中心,有套设备。”

“什么意思？”

“我需要康复。我得从这儿离开一段时间调养。一个可以完全放松的环境。”

“为什么我们不能再请几个护工？我觉得你需要这个,回公寓……”

“不行。”

“要是没有你,我在公寓还有什么意义呢？”

“我想回去。真的。我知道现在的时机不好。我知道搬家是个大工程,而全靠你一个人完成,我很抱歉。”

“这个……你想去的地方在哪里？”

“东汉普顿。”

“东汉普顿？可我要花好几个小时才能去那儿看你……”

“我不想让你去看我。一开始别去。”

他被刺痛了，“为什么？”

“如果运气好的话，我几个星期就能回家了。如果运气不好，那里有我需要的一切。”

“可为什么我不能去？如果万一你……运气不好呢？”

“艾丽斯知道要做什么。你什么也不必做。”

“可我想去。”

“不，你不想。你痛恨我生病的每一分钟。”

“亲爱的，那不是真的。”

“是吗？”

“你可以给我个机会。我是说，东汉普顿？”

“阿基，我亲爱的……我爱你。但我不能在尽力照顾自己的时候，同时照顾你。不能再这样了。我花了很久才理解这一点。这样做我们两个都轻松些。”

“嗬。你知道你会多辛苦吗？”

“我不觉得很辛苦。”

“所以，这意味着我要在你想买的公寓里一直等着，那个你一天也没住过的公寓，然后有一天我会接到来自东汉普顿的电话，去接你回来？”

“阿基，我很害怕。请别让我为了这事跟你吵架。请理解我。这对我有好处。我知道对你也有好处。你能相信我吗？”

他爱看她走路的样子。仿佛她的脚和腿上有额外的肌肉支撑着她。听见她的声音,他觉得那是一种他永远不会厌倦的乐器。当她笑起来,他好像终于在世上找到了一处安心之所。

如果他是个科学家,他的皮氏培养皿里会放着莉迪娅和艾丽斯。外围是哈尔,他的经纪人。希尔亚斯。叛徒汤姆·华盛顿。这么看来,所有的熟人、电影制片人、音乐家和编曲,他们最后将什么都不是。归根到底什么也不是。

新年前夜,他去看她时,莉迪娅对他说:“有时我想干脆死掉,就不用一次又一次地经历康复过程。每次中断我都试着重新开始。但每一次都更难。我不能回到原来的样子了,阿基。我在走下坡路……”

“你为什么会一直爱我?”他问。

“你有趣。你很甜蜜。你是个音乐天才。你爱我。没人像你那样爱我。”

“可并不是用正确的方式。”

“有正确的方式吗?如果没有我,你可能会更成功。没有那个唠叨、忙碌、专横、疯狂的妻子的话。”

“我从未想过没有你的生活。”

“你可以的。”

“我不想那样。”

“可你必须如此。就一小段时间。”

“但你为什么要那么做?为什么你必须离开?”

“我不想坐轮椅……我们得谈谈这个。”

他把自己的手帕递给她,她擤了擤鼻子。

“没关系,”他说,“我们现在不必什么都谈。那种事不会发生的。”

“你生日那天，”1月3日，在他们为她去东汉普顿的行程做准备时，莉迪娅说，“8点的时候，他们会按门铃，你要开门。我知道时间挺早，可一定不会无聊的。只要不刮暴风雪，他们就会去。”

“好，”他说，“但那之前我要去看你，好吗？我坐火车去。告诉我我可以去看你。”

“我们以后再谈这个。先让我好起来，等一等。你可以写作。写音乐。请过得开心点。我爱你。”

他站在人行道，目送着救护车接她离开。一直以来他都拼命向往成功，从未意识到自己失败了，也许很久之前就一败涂地。只是未曾意识到。

抵达橡木镇的三天后，莉迪娅突发中风，陷入昏迷。等她苏醒过来，一切都不同了。

一听说中风的事，莱文就计划好带上艾丽斯去东汉普顿，可就在那时保罗打电话来，请他带艾丽斯去见个面。保罗·沃顿是莉迪娅父亲的律师。他的律所既代理医疗类案件，也代理离婚案。保罗为他们引见了一位年轻些的律师，三十多岁，思路清晰。后者对莱文和艾丽斯说明了足以保障莉迪娅想法的法律条款。

“我很抱歉，莱文，”他们离开时保罗说，“如果有什么我能做的……”

莱文发着愣，没有回答。

来到街道，他对艾丽斯说：“我必须去看她。”

“爸爸，你不能。她不想那样。刚才你没听见吗？”

“你怎么能确定?”

“我不想夹在你们两个中间。刚才在里面我就跟你说过。而你一定得听听她想要什么。”

“那我想要的怎么办?看来你们早就计划好一切,单单把我和我的感受排除在外。她是我的妻子。我们结婚快24年了。”

“爸爸,她的病叫什么?”

“TTP。”

“那是什么意思?”

“血栓——什么的。很难读出来。”

“血栓性血小板减少性紫癜,爸爸。那并不难。”她柔声说。

“我猜你就是这样成为咱家里的医生的。”

莱文不愿去想莉迪娅的样子。她耷拉着脑袋吗?她会发出那种像中风患者的可怕声音吗,就像过去他们试图交谈时那样?她会流口水吗?

如果莉迪娅回家,《河》将是他的最后一部配乐作品。纽约不适合拄拐或坐轮椅的人。他们得搬去郊区。去某个叫太阳公园或是常青树之类的地方。他们再也不能旅行了。他们得住在夏季舒爽、冬季和暖的地方。那种生活如同去死,莱文想。她为他省掉了与护工同住的麻烦。省掉了在门廊边装栏杆,在卫生间装扶手,浴室里放橡胶垫的麻烦。洗澡时不必忍受旁边有把塑料椅。她为他省掉了安装缓行坡道的麻烦,他也不必忍受糊状的食物,不必忍受疾病和衰竭带来的恶心气味。

自她生病后,他发现很难再捕捉她身上的味道了。他不喜欢他们卧室的改变,不喜欢她发病时的坏脾气,那会影响到自己的创作力。突然间,他就得在自己家里踮着脚走路了。还不得不与医护人员共用厨房,那些他既不认识也记不住的人。他不能再熬夜弹钢琴了,因为她需要睡眠。他不得不戴着耳机用键盘工作。

他再也无法与莉迪娅一起出门了。每天的饮食如老年人一般。他只能点她想吃的,尽管如此,她也只能吞下一口。如果等他买外带食品回家,她已经疲倦得什么也吃不下了。要是他在莉迪娅病中与朋友外出,那整个晚上都像阴云密布。他喜欢她去医院输液的日子,这样他至少可以想象她是去旅行了。他可以看赛季回放、熬到想睡才去睡、公放音乐,睡在他们的卧室而非客房,后者令他每次醒来都沮丧万分。

他恨这整个世界,它的运转好像只有两个目的:疾病和死亡。莉迪娅小时候,她的母亲死于同样的病症。父亲为她提供了最好的一切——学校和医生。这些方面纽约应有尽有。不管怎样,莉迪娅之后成了一名建筑师,表现出类拔萃。她或许遗传了母亲的病痛,但从另一方面看,她毕竟是父亲的女儿。

艾丽斯刚十几岁,就奔忙于医院,为莉迪娅带去日常所需。莉迪娅总不在家,知道她在医院,看着她发病的频率越来越高,出现了药物的并发症状,这一切让莱文感觉糟透了。他期待的生活不是这样的。他想象中,待他们老去,要携手散步,一起看电影。去欧洲度夏。他想同她再去一次维也纳、伦敦和西班牙。他想再次欣赏柏林爱乐乐团演奏的时候,有她在身边。

他真的愿意放弃自己的生活,每时每刻为她担忧?他甘心签卖身契吗?她不想让他这样。这是她之所以如此做的原因。她给予了他自由。这对他们两人都更好。他现在做的不正是应她的要求吗?就像她说的:去创作吧。作伟大的音乐。你知道我爱你。永不后悔。

这样的情况她可能还要度过五年。或许是两年。他不知道。可她不愿有他参与。她没有要求离婚;只是简单地不允许他探望。艾丽斯可以去。不过莱文不必再用汤匙盛着黏糊糊的东西喂进她嘴里,也不必再帮她如厕。她也许正穿着成人尿布呢。这念头太可怕了,他赶紧摆脱了它。这样做更好吗,还是更坏?这种想法很老派,他断定。难题可以用现代的方式解决。护理可以买到,服务可以购得。科学、技术,不断提供新的选择。只要有钱,何须没有尊严地活着?他不必再去看莉迪娅,如今的她已完全不是他爱的那个女人了。而他可以继续自己的生活。失去她固然痛苦,可要把两个人的命运绑在一起更让人痛苦。绝对如此。

自私透顶。这句话又缠住了他。过自己的生活就是自私吗?过自己安静的日子,真的会伤害其他人吗?莉迪娅有人照顾。她享受着钱能买到的最佳护理。医学或许能令她受益。艾丽斯一直在探望她。艾丽斯是她的医疗委托人。如果有任何事不妥,艾丽斯会知道的。

“她真的再也不能走路了吗?”莉迪娅中风后,他和艾丽斯偶尔吃过几次饭;在其中一次饭桌上,他这么问过她。

“他们说不能。我是说,他们帮她重新坐了起来。他们把她固定在轮椅上,因为她喜欢如此……你还好吗?你一定想过会有这么一天的。”

“你知道,我没想过。从来没有。不过我很好。真的,我很好。”

“真的?我不好。”

“你生我的气吗,艾丽斯?”

“不。也许吧。是失望,我想。”

“你是什么意思?”

“嗯,我不知道什么才是真正的意义。我觉得别人的丈夫……算了,忘了吧。我觉得她想让你过得开心。”

“所以那样有罪吗?你认为我不感到罪恶吗?”

“我不认为,爸爸。我甚至不确定你应该感到罪恶。一部分的我甚至羡慕你可以如此自私。而她是如此……宽容。”

“宽容!我一直在按她的意愿去做,而我得到的只有责备。”

“我猜你没有借口。”

“没有借口?”

“你没有借口不完成所有你想做的音乐。”

而这依然与莉迪娅有关。如果他的下部专辑成功了,那是因为在他生日时莉迪娅送了他一台斯坦威钢琴。莉迪娅给了他空间和时间,以及所有他需要的钱。

第三部

把你宁愿死也不想做的事留到明天。

——巴勃罗·毕加索

第十四章

希尔亚斯·布林观察着玛丽娜·阿布拉莫维奇的表演方式。这位艺术家在观众离开时低下头、闭上眼的样子。她微微抬起肩膀,舒展一下,呼吸、放松,当她准备好了,她便抬起头面对下一位观众的注视。

希尔亚斯想知道,阿布拉莫维奇早餐都吃了些什么,能应付这一整天的静坐。藜麦?扁桃仁?螺旋藻奶昔?鱼?她曾读过,自从阿布拉莫维奇在威尼斯清洗了无数根牛骨头后,就成了素食者。那场表演为她赢得了威尼斯双年展金狮奖。

希尔亚斯等待着,她交叉双腿,用围巾拢住头发。这是常戴头巾的习惯。用来在排队时避免搭讪也有奇效。现代艺术博物馆令阿布拉莫维奇的表演成了大众市场。她有了新的拥趸,而拥趸的数量还在不断增加。至于增加到什么程度,希尔亚斯还不知道,不过她认为阿布拉莫维奇将成为家喻户晓的名字,虽说人们可能连发音都读不准(她听过所有不同的读法)。这场表演太勇敢、太直接、太难不被广而告之了。

阿布拉莫维奇正经受的痛苦不易察觉。这里没有裸体,没有性暗示。直到现在,欣赏阿布拉莫维奇的作品都需要后天的品位。不是每个人都能感受到其中的严酷与韧性。比如用剃刀割伤自己,受鞭打,吃洋葱,以及阿布拉维奇徒步走完中国长城的壮举中展示出的,奇异的水晶般品质。可就在一瞬间,所有人都被她迷住了。

节制欲望,希尔亚斯知道,是大多数美国人最不愿体验的事。太难受了。如果有别人替你感受,就要好得多。如果你还能为此找点乐子就更好了。真人秀,所谓《蠢蛋搞怪秀》现象即是如此。约翰尼·纳什维尔和斯派克·琼斯①挖掘到人们想将痛苦当作手段的强烈愿望。或许它迎合了大众品味,是小男孩爱看的恶作剧,但其中有坚硬的内核,她清楚这一点。

希尔亚斯第一次接触到阿布拉莫维奇,是看到一张《节奏 10》表演的照片。阿布拉莫维奇跪在地板上,一只手里拿着把大厨刀,另一只手五指张开,放在一张白纸上。

那部黑白影片画质斑驳,声音模糊②。阿布拉莫维奇面前扇状摆着 20 把刀。她打开一台录音机,然后拿起第一把刀,像某种斯拉夫饮酒游戏般飞快地用刀扎进张开的指间,并录下刀扎的声音。每当她割伤自己,就换一把新刀。20 把刀都用过,她便停止录音。然后,她回放录音,听取刀尖刺入地板的节奏。她打开第二台录音机,并播放第一场录音,跟随刚才的节奏,在同样的时间点刺入相同的位置。接着,她把两场录音一起播放,聆听原先的节奏和新的节奏。刚才的差错与此时的差错同步进行。这场表演于 1973 年在爱丁堡举行,希尔亚斯也出生在这一年。

---

① 《蠢蛋搞怪秀》(*Jackass The Movie*)是由约翰尼·纳什维尔(Johnny Knoxville)等人主演的喜剧片,斯派克·琼斯(Spike Jonze)为编剧之一。编注。

② 前文写希尔亚斯看到的是照片,这里又称是黑白影片,疑为作者笔误。译注。

希尔亚斯有好多疑问,但在《艺术家在场》表演持续的75天里,阿布拉莫维奇没有接受任何媒体采访。希尔亚斯想知道,这些天里她有没有跟人说过话,还是哪怕清晨和夜晚她不在这里,也始终缄默不语?那种静默有多难?苦难流淌在她的血液里。而苦难也是老师。希尔亚斯想知道,离开塞尔维亚多年,又游历欧洲多年,在阿姆斯特丹居住、在德国授课,以及在纽约的生活,有没有抚平阿布拉莫维奇童年的创伤。是浓墨重彩的生活打磨了她吗?如同海水打磨海底的卵石,将她雕琢成坐在中庭正中的那位容光焕发的女人,如同一座雕像,稳居不动,不可捉摸?

阿布拉莫维奇曾说过,剧院里的血不是真的,剑不是真的。可是在表演艺术中,每件事都是真的。刀会割伤身体,鞭子会撕裂皮肤,冰块会冻伤人,蜡烛会灼伤人。在一场名为《托马斯之吻》的作品中,阿布拉莫维奇裸体躺在一条巨大的冰块上,构成一座十字架。然后她站起身,用刀尖慢慢地刺向自己的身体,每刺一刀,她就从一公升装的蜂蜜罐里喝一口蜜,从红酒瓶里喝一口酒。她用一条九尾鞭不停地鞭笞自己的背,直到皮肤上全是鲜红的伤痕。之后她戴一顶士兵的帽子,站着听一首塞尔维亚的战歌。七个小时里,她不停地重复这些动作,冰冻、割伤、喝蜜、饮酒、鞭笞、听歌,形成循环。第一次在德国表演《托马斯之吻》时,她32岁。2005年在古根海姆博物馆再次演出时,她已经57岁了。

每天下午当阿布拉莫维奇离开现代艺术博物馆后,她会住进五星级酒店,在里面享受客房服务、身体按摩和指压疗法吗?还是她会回到自己在格林尼治的阁楼,睡在自己的枕头上?她会梦见什么?希尔亚斯想知道,当阿布拉维奇夜晚闭上眼睛,是否会看见所有那些看向她的陌生面孔,他们想抓住她隐没在阴影里的灵魂,想从她身上获得一点点勇气。

希尔亚斯听见队伍里有个人兴致勃勃地谈起大卫·阿尔特米德①在新当代美术馆的巨人展品。她也喜欢那个展品。那是她曾见过最性感的男人之一,由玻璃钢和钢铁制成,肩膀上停着一只鸟。她身后的某个人正说到,因为有演出,国家图书馆的阅览室每天下午都关闭,有多么的不便。她右边的两个人讨论着《刺猬的优雅》②一书多么好看。时间从上午推移到下午,队伍一直源源不断地将人们送到阿布拉莫维奇的桌边。她在教他们认识时间,希尔亚斯想。我已经在这儿坐了三个小时了,整个上午都溜走了,而我除了思考什么也没做。她记不起上次这么做是什么时候了。

终于轮到她了。她丢开围巾,脱掉鞋子,穿过方框区域坐了下来。阿布拉莫维奇抬起头,她们四目相对。与这周前几天的那次一样,一种真切的作用发生了,就好像她被纳入了一场古老的共振之中。

她沉浸在两人的注视中,尽管能感觉到中庭里众声嘈杂、人群涌动,但那些都是外界的。她深陷于阿布拉莫维奇黝黑、湿润的眼睛和暗淡的嘴唇构成的世界里。她注意到自己的眼睛在不停地眨,而阿布拉莫维奇却几乎没有。希尔亚斯屏住呼吸,沉入阿布拉莫维奇双目之后的黑暗里。

她看见桌上有白色亚麻桌布、银质餐具和半满的红酒杯。她开

---

① 大阿·阿尔特米德(David Altmejd,1974—),加拿大雕塑家,现居美国纽约。编注。

② 《刺猬的优雅》(*L' élégance dn hérisson*),法国当代知名作家妙莉叶·芭贝里(Muriel Barbery,1969—)的一部小说。编注。

始将盘里的冻糕抹在一片吐司面包上。她咬了一口，面包在齿间咯吱作响。嘴里满是面包的口感，香味绵软细腻。她吃出了鲑鱼、黑鱼子酱、酸奶油、莳萝，还有黑胡椒。

阿布拉莫维奇不见了，坐在她对面的是汤姆，穿着白衬衫，只有汤姆能穿出白衬衫的感觉。他正冲着她微笑。她的眼中顿时充满泪水。他看着她，就像去年冬天看她时的样子，他的衬衫熨得笔挺，灰白的头发在耳朵上方弯出好看的弧线，又顺向脑后，蓄了两天精心修整的胡须，身上散发出柑橘的香气。

"一个人吗？"他问。

"看起来是的。"她回答。

"嗯，你知道原因。"

"是的，我猜我知道。"她盯着他的眼睛。

"不是单身？"他问，"你看着像在节食。"

"如果没有性，我的感官都要退化了。所以我当然不会是单身。"

"你还是这么惊人。"

他面前的杯里盛满了红酒，他拿到唇边喝了一口。那两片唇曾在她身上留下多么美好的回忆。

"男人不可能真正爱上一个身为艺术家的女人。"她说，探过桌子，俯身闻他身上的气味。

"那是我说的？"

"是你。"她回答。她想咬他，直到自己嘴里全是他的感觉。她想把他的气味吮进自己身体里。他曾注视着她直到她产生高潮，然后告诉她自己爱她就像自己要呼吸。

她闻见牛排的气味，低头看到烤里脊牛排、绿色豆子、块菌土豆泥、蛋黄酱和红酒汁。那是他们在澳大利亚吃的一餐。两周里，他们在酷暑和高温降雨中做爱，每晚去一间带有帆布帐篷的小饭店，吃最精致的菜式，外面是一棵高大的无花果树，果蝠粗粝地叫个不停。

“所以，你还唱歌吗？”他问。

“唱得不多。我们的椴树俱乐部7月已经开张了，不过我还没有听过阿基演奏。莉迪娅……”她的声音低了下来。

“你还在生我的气吗？”

“是的，”她抿了一口勃艮第，感受橡木的味道在舌下奔走，“我从没有像对你那样把我的心给任何人。”

“我也是。”他说。

“难道那还不够吗？”

“有时候是的。”

“我什么时候才能再相信一个男人？”

“那不是我的问题。”

“你怎么知道？”

“我出现之前，你就在问这个问题。”

“那不是真的。”

“不，是真的。是幽闭恐惧症。”

她又能察觉人群的嘈杂了。对面的那张面孔肤色苍白，目光炯炯。她感到自己脸上有泪。她看到阿布拉莫维奇眼睛里也有泪水。刚才的一切是怎么发生的？她是怎么陷入别的场景，与汤姆一同坐在饭店里？

她继续注视阿布拉莫维奇，然而那幻境没有重现。什么都没再出现。她深呼吸，低下头，闭上眼，站起来穿过中庭，回到她的鞋和包那里。一言不发。她走下楼梯,穿过大厅,走上明亮的大街,走过贩卖明星画像咖啡杯与电影手稿复制品的隔板桌。那时,就在那时,她大笑起来。笑声喷薄而出,像是一场令人解脱的巨浪。

“我的上帝,”她说,“我的上帝啊。”她看看表。她坐了足有一小时。她得抓紧了。下午5点还有工作。

第十五章

布里蒂卡·范德萨，从阿姆斯特丹来的一名博士候选人，坐在简·米勒身边。布里蒂卡在膝上放了一台便携电脑，正用摄像头抓拍图片。此时玛丽娜·阿布拉莫维奇对面坐着作家科尔姆·托宾①。布里蒂卡不认识他，也没读过他的作品，而简知道。

“我喜欢他的脸，”简说，“似乎他已将爱尔兰的所有故事装进心里，让他的脸带着哀伤，又有点难懂。”

托宾如孩童般看着玛丽娜，充满好奇和微微的困惑。

“我要写一篇关于这个的博客。再告诉我一遍他作品的名字？”

简告诉了她，布里蒂卡在键盘上猛敲起来。那位作家和表演艺术家则坐在那里，一言不发，桌上没有甜茶和饼干，也没有伏特加和橄榄，他们只是互相看着对方的眼睛。

简转向布里蒂卡问：“在那里是什么感觉，坐在她对面的时候？”

布里蒂卡回答：“被人群围观，我有种强烈的暴露感，那让我意

① 科尔姆·托宾（Colm Toibin，1955—），当代知名爱尔兰作家，著有《大师》《布鲁克林》等。编注。

识到这一切都有关暴露。直到我在那儿、坐在那张不太舒服的椅子上，我才真正明白。我知道这是种吸引人的事，可在此之前我从未真正被行为艺术表演震撼过。这是彻底的暴露。观众的注视形成了一种庞大的力量。第一次我只坚持了8分钟。第二次12分钟。我觉得我还能待得再久些。”

“不过，做了这么多研究，你一定了解她。”简说。

“某方面吧，不过我还没有准备好……”

“你认为她这个作品想表达什么？”简问她。

布里蒂卡染了亮粉色的头发，大红唇，戴着紫色美瞳和假睫毛，妆扮出一张精致的亚裔面孔。她上身穿了件T恤，上面印着简不太认得的一个卡通人物，下身是短裙和花纹紧身裤，一双厚跟靴。

“她和乌雷表演过一个类似版本，”布里蒂卡说，“20世纪70年代的时候，在澳大利亚。他们坐在一张长长的桌子两端，互相看着对方的眼睛。那个作品叫作《海上夜航》。他们原打算表演100天，不过乌雷因为久坐，臀部生了褥疮。他瘦得很厉害。有位医生告诉他，如果他再这么一直坐下去，他的脾脏会被肋骨刺穿。有一天，乌雷疼得实在太厉害，便站起身离开了房间。玛丽娜则独自继续坐着，他对此不太高兴。我觉得他有点耿耿于怀。因为这说明她更加强壮。”

“不过，她到底想表达什么？”简又问。

“就是她从一开始要说的东西，我想。万物互有联结。一旦你知道自己与什么相连，你就不再自由了。”

“你也是艺术家吗？”简问。

布里蒂卡耸耸肩：“并不是。”

九岁时，布里蒂卡·范德萨便明白知识就是一切。她的唯一资本就是懂的比别人多。有一两位教师在关键时刻给了她非常有益的指引。而今,她的博士专业越来越受关注。布里蒂卡知道她踏准了形势。如果幼时她没有那么多时间练习素描,如果颜料和画笔都被父母藏在卧室的壁橱里,如果那天在火车上她没来得及迅速认出那张面孔,那么她的人生将不过尔尔。当你来自充满移民和失业的阿姆斯特丹,那就没有时间斟酌自己应该做什么,只有必须做什么。她在一家普通社交媒体平台工作,这样便能确保上司的工作推进与自己的研究方向一致。她不时逡巡一遍等待的队伍,确定自己能遇到正确的人——轻扫面孔、提出问题、介绍自己。这里像块磁铁,吸引的都是艺术策展人、批评家和学者。而她的打扮让自己在人群中非常显眼。人们很难忽视她。

科尔姆·托宾离开桌子,下一位穿过方框区域坐了下来。玛丽娜像在认真端详着那位女士,对方白发笼罩下的脸饱经风霜。

简对那位年长女士散发出的和善气息震动了。她对布里蒂卡说:“你不觉得那位女士有个问题,可是问不出来,哪怕在心里问也不行?你坐在那儿时,有问题想问吗?”

“我想知道她是怎么控制自己的能量。我觉得我坐在那儿所得到的,全在她的呼吸之间。我的意思是,这并不新奇,瑜伽也是这么说,不过看她坐在那儿,唯一发生的只有呼吸。”

布里蒂卡曾一度想象玛丽娜从座位上站起来、对着观众跳上一段舞,揉着自己的胸唱一首关于生殖的歌,就像她在电影《巴尔干巴洛克》①里做的那样。然而玛丽娜坐着纹丝不动。这场表演没有塞尔维亚一望无际的绿色山川,没有花花绿绿的乡村艳服,没有双峰

---

① 《巴尔干巴洛克》(*Balkan baroque*),由玛丽娜·阿布拉莫维奇1999年主演。编注。

裸露的肉欲和肥沃的土壤。这里只有强制下的孤独凝视，保持沉默的观众，以及两张面孔、两颗灵魂之间无言的联结。

简看出年长女士脸上的疑问消失了。很快她便从椅子上站起来离开。下一位、再下一位观众来了，而布里蒂卡一直在她身边写着博客。

“你觉得，”简悄声说，“对玛丽娜来说，这里的所有人会变成一个人吗？”

“没准她想的是没来的那个人。保罗，你知道，她的丈夫。他们几个月之前分手了。”

“他们结婚多久了？”

“八年。”

“致哀，”简说，“也许她正是以此来致哀。太可怕了。”

“我觉得没有多少男人能跟玛丽娜一起生活，”布里蒂卡说，“我是说，她很强硬。”

“是啊，”简说，“她很强硬。但我觉得不是强硬让她一直坐在这里。我觉得不是强硬让这么多人来到这儿，想坐在她对面。所有伟大的艺术都能让我们感觉到某种难以言说的东西。也许这个词不太准确——不过也没有更好的词能表达艺术的能力……变形。一种通向普遍智慧的方式。”

“我会用上那个词的，”布里蒂卡敲着键盘说，“我是说，她在利用观众来创造这种效果，而观众也在创造一种经历，它取决于每个参与者的认真程度。”

“所以是什么令它成为艺术？”简问。

布里蒂卡笑了。

“为什么几乎每个曾看过你的梵·高的《向日葵》的人，都会有种幸福的叹息?”简问。

布里蒂卡从未将他想成是她的梵·高。确实有过那么一个古老的荷兰,每个人都是金发碧眼。她知道。之后就是现在了。全是非洲人、中东人和像她一样的亚洲人。在某些地方,金发碧眼的荷兰人反倒成了赶不走的怪物。有点像伦敦。

过了一会儿,简说:“我真好奇如果他俩一直在一起会怎样——玛丽娜和乌雷。”

布里蒂卡耸耸肩:“我觉得作为艺术家,她远比他优秀。看看楼上的东西……那个回顾展,还有这场表演。她的父亲、母亲、乌雷。他们是她前进的过程。如今她又孤独了。”

“所以这是个葬礼吗?”

“是啊,她一直很喜欢有关葬礼的想法。”布里蒂卡说。

“而她邀请了我们!”简大笑起来。她抓起女孩的手握了握,“我要回家了,永远不会忘了这一切。”她说。

我觉得自己好像了解她,布里蒂卡想。我就坐在这儿的水泥地板上。大老远从阿姆斯特丹两次赶来看这个,而且我可能还会再来一次。我花了三年的时间来写有关她的事。我知道她曾说过什么、做过什么;可是到了这里、看着她,我才明白尽管我以为我知道她是谁,但我可能错了。很难说什么是事实,有些话她一遍又一遍地说,看起来像是真的,但可能不是。我想让她记住我。但她根本不知道我。她不知道过去这几年发生过什么。我可能始终遇不到她,而如今我直视她的眼睛,比直视任何人的时间都长。也许我只不过是另一个艺术生。可能她只是对有她所需的人表示友善而已。她知道阿姆斯特丹。很多年里那里曾是她的家。她和我一定走过同一条街道，参观过同一家博物馆，吃过同一家饭店，我们的身体同样抵抗过北海的风，看见过运河结冰，看见过春天的水仙，可能还在同一条小路骑过单车。她住在阿姆斯特丹的那些日子里，与之后可能坐在这里的是同一个阿布拉莫维奇。我不知道我在她的年纪会在哪里，或者会成为什么样的人。我会睡在野地里，会在那不勒斯的一个摆满工具的桌边赤裸站立吗？不，不会的。我做不了她做过的事。我对痛苦没有欲望，也不喜欢被剥夺感。也许小时候在中国，在被收养以前，我就已经失去那些东西了。那时我喜欢什么？我永远不会知道。也许我什么也不喜欢。也许我想学会爱，却发现更难。我曾长时间等待某个人回来吗，我想我有过。

稍晚，那位有着天使般眼睛的小伙子又来了。他哭了，玛丽娜也在哭。然后，布里蒂卡还没有准备好结束这一天，广播声就响起了："博物馆将在15分钟内关闭。"

她想象着玛丽娜身着红裙，款款离开绿色房间。也许戴维德，他的助手，会告诉她外面在下雨。她将换上裤子和毛衣。他帮她拿着外套。

"来吧。该回家了。"

布里蒂卡知道，某种程度上自己已深深厌倦了玛丽娜·阿布拉莫维奇。只有部分的自己在强撑着争取博士学位。她想知道玛丽娜会对什么厌倦。凌晨1点，玛丽娜会在惊恐中醒来，铺平床单，蜷缩着躲进墙角，将自己完全藏起来，就像母亲曾夜复一夜强迫她做的那样吗？她醒来时心脏仍会怦怦作响吗？她会告诉自己已经不是7岁了吗？也不是10岁，不是20岁。她的母亲已经死了，再也不会半夜叫醒她了，也不会再打她了。

然而母亲在临终前，是玛丽娜用薰衣草精油按摩她的脚。照顾她的褥疮。爱着她。

布里蒂卡和简在附近找到一家小馆子，吃了鸡肉汉堡和酸橙派。之后布里蒂卡回到位于 43 街的小旅馆里，房间的空调吱嘎作响，床单干结灰白。她靠在单薄的床头板上，打字直至入夜。11 点时，她挪走电脑，活动活动身体。她可以用不同的方式将阿布拉莫维奇的生活碎片拼凑完整，可究竟是什么赋予了她超凡的忍耐力？

凌晨 2 点，她醒过来，登上图片分享网站，浏览 3 月 9 日以来在玛丽娜对面坐过的人。那个有着蓬松黑发的男孩、碧绿色眼睛的女孩、满脸雀斑的女人。他们毫无保留地袒露自己。每个人都倾诉着流逝的时光，将生活舒卷开合，而所有时光的痕迹都映射在脸上。她看见了自己的脸，眼中闪着探求的光芒，嘴唇紧闭。眉间凝着焦虑。她不想表现得焦虑。下一次，她想微笑。

3 点 33 分，她合上电脑，关掉床头灯。她接下来的行程马不停蹄，必须要尽可能地多睡。她希望自己有褪黑素。这场表演的某些东西令她成了失眠患者。她想知道玛丽娜在曼哈顿的什么地方入睡。她会吃安眠药吗？玛丽娜在漫长的午间不能小憩，也不能小解或伸懒腰、打哈欠、打喷嚏、活动肩膀、抖抖脚、摸摸鼻子。她的夜晚是怎样度过的？

布里蒂卡将闹钟设到早上 8 点，这样她就有时间先吞下一份蓝莓松饼，再加入博物馆外第 35 天的队伍。如果走运的话，她今天还能坐到桌边。

第十六章

这是四岁的玛丽娜,在贝尔格莱德。这是个真实的故事。这事,我喜欢这么想,是她的第一次公开表演。面向一位观众。我。

玛丽娜坐在餐桌边。她的祖母说自己会回来。然而已经过去很久了。如果祖母一直不回来,玛丽娜就要独自度过整个夜晚。她的祖母去商店了。商店并不远。去商店,只需要下楼,穿过小花园和那条叫个不停的狗。在队伍里等待。与其他女人们聊天。聊聊面包。聊聊香肠。聊聊邻居。结束购物和聊天。然后,拎着袋子,穿过小花园和那条叫个不停的狗,返回楼上。将钥匙插进门里。

玛丽娜听着人们在楼梯间上上下下,却没有人将钥匙插进锁眼里。没有祖母回家的声音。她想出去问问,有没有人见过她的祖母,可是她够不着门上的把手。她本可以站在椅子上去够。但她没有。她依然坐着。

她的祖母说过让她坐着等。所以她一直坐着等。她能听见玻璃和窗帘有只苍蝇在乱撞。她能听见自己的呼吸。听见浴室里的水龙头在滴水。管子里有吱吱和汩汩的声音。楼上有人在放音乐。很快就到了点蜡烛的时候。

玛丽娜观察桌上盛着水的玻璃杯。她很渴,但她没有碰它。她想,如果她喝了那杯水,她的祖母就不会回来了。

她想小便。她必须小便。可她没去小便。如果她的祖母不回来,谁会跟她一起过?母亲和父亲会让她和他们、她的弟弟一起过,她不想和弟弟一起过。她想住在这儿。她想让祖母回家。

祖母走了。门关上了。门会再打开的。祖母也会回来。如果她坐着一动不动的话。

墙上的钟嘀嗒地响个没完。那是时间不再流淌的声音。从玻璃水杯里,她看到小小的斑斓的色彩。透过玻璃的桌子在移动,仿佛根本就不存在一张桌子。

“你在干吗呀?”祖母问。她突然间出现,玛丽娜没有听见脚步或是钥匙在门上转动的声音。祖母身上有股风尘仆仆的味道。

“我让你坐着等,没说你不能离开椅子呀。他们没有我要的东西。我只能坐电车去其他商店。回来的路上车又坏了。”

玛丽娜盯着祖母的脸,上面满是灰尘和光彩。

“好啦,好啦。你肯定饿坏了。宝贝儿。想想你在这儿坐了那么久。你都在想些什么呀?”

玛丽娜看着玻璃水杯,拿起来抿了一口。没有说话。祖母回来了,那段孤寂的时间结束了。

我看着那个黑头发黑眼睛的小女孩,心想:“好样的!”

第十七章

希尔亚斯知道,嗓音是她最好的资本。因为嗓音,老师确信她没有撒谎。因为嗓音,母亲也不忍心怀疑她。歌唱、播音、向情人耳语,都借由她的这一武器。她坚持每天做大量练习。通过练习摆脱法式口音的限制,全力绽放这把天赐的好嗓子,让任何一个美国人都感到动听。如今她的声乐练习侧重于持久性:确保她的嗓音不会嘶哑,或出现坏习惯,影响她身为歌手和媒体人的艺术生命。

手握麦克风是她的职业。在录音棚悦耳的声音里,在灯光下的电视里,在舞台上,她的思想、嘴巴和身体的紧张感明显可见。她离开时,腋下的汗经常都已在皮肤上干掉了。要是和阿诺德·基布尔一起,她就更紧张。

作为一个在巴黎长大的黑人女孩,她很早就知道冒犯男人有多危险。而她太出挑,也太爱反抗了。这没给她带来什么好处。而在成为纽约大学的国际学生,又当上实习生,直至在各电台、电视频道的几份早期工作后,她发现了令男人变得温柔的办法。他们第一次见面时,基布尔就表现得无礼、傲慢,还有点粗鲁。当时他英俊帅气,却出了名地固执、易怒,虽说很有智慧。她发现自己不知不觉迷上了他，没有注意到那些被吸引的预兆——在为与他合作的演出做准备、换演出服时，她有点心不在焉。在全食超市挑红辣椒时，她想象着和他在自己的桌子上做爱。因为他太有力量了，她对自己说。他是她曾见过最有力量的人。

试镜时，她出乎意料地让他开怀大笑，他也终于可爱起来。此前他没想过演出时会有搭档。他怎么会需要搭档？然而再有能力也罢，他不过是收视率游戏中的一枚棋子。刚开始，他会将她提的问题反击回去，但她接得很妙。尤其在录电视表演秀的时候。艺术界有一种残忍自私的寡头政治，由几个核心玩家掌控一切。在纽约，基布尔就是其中一位。能让你红起来的人才是最重要的。高古轩美术馆、茨维尔纳美术馆，都期望着阿诺德·基布尔能对自己的展览说上几句。而今，它们也来邀请她了。6月，他们的电视系列节目即将播出，她知道效果会很棒。会有更多的邀约接踵而至。在她身边，基布尔会有点显老。想到这儿，她微笑了，但没有恶意。她总是喜欢年长的男人。恋父情结，毫无疑问。

然而此刻他们正在播音，基布尔的介绍马上就将结束。她必须专注。要是他发现自己走神，会像一条毒蛇恶狠狠地扑咬她脆弱的脚踝。

“阿布拉莫维奇的目的，”他说道，英文元音吐字优美清晰，“是为了达到，她如此说，一种明朗的存在状态——与观众之间形成充满活力的对话。不管它是什么意思。不过这回，她终于在表演时穿上衣服了，虽然感觉有点皇帝新衣的样子。我是说，什么是‘充满活力的对话’？而且，她真的要这么一直坚持到5月底？”

希尔亚斯说：“适逢中途，我觉得这场表演已经取得了非凡的成功。《艺术家在场》将成为阿布拉莫维奇职业生涯中，持续时间最长的一次个人表演——一场长达 75 天的马拉松。她说过不许自己考虑失败。”

基布尔穿了件衬衫,她知道是妻子送他的生日礼物,他黑灰相间的头发在某种发蜡的作用下微有凌乱。现在是晚上 7 点 37 分。茶已备好,她的嘴唇发干。在他说话时,她从白色塑料杯中轻啜了一口。几个红色大字“直播中”映射在录音室的玻璃上。

基布尔说道:“阿布拉莫维奇试图在公众面前坦白点什么。我是说,这跟翠西·艾敏①的床有什么分别?如果她要冥想,那非常好。如果她想穿着睡袍坐在那儿,沉思她注定的命运、人世的难题或随便她做的什么事,都没问题。可为什么人们要把这看成是艺术?也许从某种程度来说,她给我们提供了一种欣赏画作的印象。很公平。但是为什么要穿着晚礼服在剧院里糟蹋它?摆着宜家家具?她背离了自己过去那种身着皇袍,强大、可怕、极致到过了头的情绪表达。”

希尔亚斯近距离观察着基布尔的侧脸,他黑色的眼睛和强硬的眉毛。多好看的眉毛啊。还有高挺俊美的鼻子。

“这部作品,”她说,“既是对楼上回顾展里所有作品的总结,也进化出了其他东西。它属于这个时代、这座城市,属于艺术家创作生涯中当下的作品,并且,我认为以后我们再也看不到类似的作品了。”

基布尔反驳了她的观点,滔滔不绝讲起了自己钟爱的那套理论,关于现代艺术不足以超越理论而成为真正的实质。

基布尔的妻子伊索贝尔很美。希尔亚斯曾在工作聚会和画展

① 翠西·艾敏(Tracey Emin,1963—),英国当代艺术家。代表作《我的床》。编注。

开幕时见过她。伊索贝尔清楚女人们都倾慕阿诺德,而她丝毫不给希尔亚斯机会。伊索贝尔气质高雅,神情冷淡。不过希尔亚斯觉得,她的冷淡可能部分源于与基布尔一起生活的影响。他不是一个适合一起生活的人,他会蚕食女人的自信。他们没有孩子。

基布尔喜欢将他的脸埋在希尔亚斯两腿间,他喜欢这么做已经有几个月了。她不知道臣服的是她,还是他。她只知道有个晚上,她带他回了家,从此他们就在一起了。自己的身体只属于他,她如此决定。只有通过身体,她才能看透他。

"这场表演是70年代在澳大利亚表演的《海上夜航》的延伸,她曾和乌雷表演了四年多。"希尔亚斯指出,"2002年的《海景房》则是一部将静止与节奏有力重现出来的作品。"

基布尔说:"她穿着庞大的蓝裙子站在古根海姆博物馆里的表演已经够可怕了,为什么她要一再地用同样的方式把她自己强加给我们?我从未被阿布拉莫维奇彻底打动过。我觉得她早期的作品——《节奏0》《节奏10》《节奏5》和《节奏2》太过直白单一。与乌雷合作的作品倒是有语境的。有些探索性。不过说到底都是些愚蠢的东西。类似水晶鞋、蛇与蝎子之类的玩意儿。"

基布尔又敷衍开了,希尔亚斯给他充足的机会,展示他关于阿布拉莫维奇私人生活与时代的知识,以防观众忘了他灿烂的才智,粗鲁的观点和那副咸焦糖般的嗓音。

希尔亚斯知道衬衫下他肩膀的样子。他的皮肤有大理石般半透明的纹理。他腋下、乳头和下体的体毛黑如墨汁,间杂些灰色的,和他的鬓角一样。他是个犹太无神论者,而她……嗯,她已决定自己只信仰一点点。他会说三种语言,她能通五种。

"所以你的意思是,因为没有血、刀或裸体,《艺术家在场》就没什么价值喽?"她问。

他冲她转过身,扫了一眼墙上的钟,似乎有事要做。试镜前,她分析过他的风格,或看或听了他好几年的采访。他喜欢转移来宾的注意力,出其不意地攻其软肋。他们刚开始合作的几周里,在他发现她真的要留下来,至少是目前一段时间之前,她已让他相信,她可以让他更出彩。她很少附和他,尤其是公开场合。

"当然不是啦。"他用最擅长的那种优雅的、通情达理的语气说,他裸体的时候从没有这么正经。他总是充满好奇、孩子气,情欲旺盛。"我不认为你可以将艺术划分为冥想和非冥想两类。不过你一定同意,行为艺术很容易陷入自我放纵。你不能回避她这场表演的底色。她不是在模仿某种印度古鲁吗?或是禅宗大师?这是她去越南、中国或日本旅行时候搜罗的东西吗?我们见过克里斯·伯顿挨枪子,斯迪拉克的悬浮,鲍勃·弗拉纳根的受虐狂,谢德庆的《笼子》。《艺术家在场》真的是表演艺术的进化吗?或者这场表演该在东正教堂里办才合适?"

希尔亚斯微笑了。她想一直看着他的眼睛,不过她移开了目光。她的嘴唇一直与麦克风保持着恰当的距离。"阿布拉莫维奇始终在探索生存中身体与精神的限制。她花了40年的时间,历经了疼痛、力竭与危险,探索着情绪与精神的转变。她曾吃过精神类药物,向我们展示其作用;她也曾鞭打自己,无数次在腹部割出五角星。也许作为一个艺术家,就进化而言,40年后表现出来的就是静止与沉默。"

"并且只需要坐下来而已?"基布尔指出。显然他想逗乐她,不过希尔亚斯没有笑。

"身为女性,以及她一部分作品中的艺术表达,她同时表现了女英雄的形象。勇士。受难者。她的作品呈现出强大与被动之间的张力。”

“而我们现在成了乞求者了吗？”基布尔追问。

“我觉得人们会在《艺术家在场》的表演中哭泣，因为他们确实受到了极大的感动。”

他最喜欢身居上风、优越十足、充满自信的时候。他高潮时的脸会变得扭曲。

“几个世纪以来，艺术一直侧身宗教之外，”他说，“二者重叠会激怒我们。想想《黑圣母》和《尿中的基督》吧。威姆·德沃伊①把圣母像文在动物身上。现在要走到纽约现代艺术博物馆，看着所有人扎扎实实地或跪或坐在四周，望着阿布拉莫维奇有如仰视圣徒，这一切太具宗教性了，我很不舒服。”

“她只不过是邀请我们参与而已，”希尔亚斯说，“那可能有疗救和精神上的意义，不过同时也是社交和政治性的。其中有丰富的含义。它提醒我们，为什么爱艺术、为什么研究艺术、为什么投身于艺术。”

她知道自己迷住了他。他看起来有点意乱情迷。他想的是自己坐在他身上的时候吗？他躺在那儿，情欲盎然。

“所以你会在表演结束前，坐在她对面吗？”

他无声地笑了，嗓音却依然冷静，“我可以。”

“你会吗？”

“好吧。两周内，我们将有一场有趣的访谈，采访这位穿衣又裸体的再度表演者。我们会找出它如此受欢迎的原因。”

---

① 威姆·德沃伊（Wim Delvoye，1965—），比利时当代艺术家。编注。

“而我将去看那场回顾展,并发回报道。”

“今晚的节目就到这里。你正在收听的是美国国家公共电台的《纽约艺术评论》。我是阿诺德·基布尔。”

“我是希尔亚斯·布林……”

“晚安。”

“我在她对面坐过了,”播音结束,当他们向制片人挥手,推开隔音门步入走廊时,希尔亚斯说,“两次。”

“你刚才怎么没说?”

“这是我个人的事。”

“如果我请你吃晚餐,你会跟我聊聊这事吗?”他问。

“下次吧。”

她走开了,微微感到有点发麻,她知道他正看着自己离开。他们不知不觉就比料想的更加亲密。性爱使然。肌肤相亲与情欲让人上瘾。不过她仍继续向前走。

第十八章

雪下得如预报一样大。现在是2月,莉迪娅来汉普顿已经一个月了。莉迪娅中风后,莱文只从艾丽斯那儿得到了几份干巴巴的报告。情况不妙。整座城市都是冰,到处空荡荡的。白天勉强还有些光亮,夜晚则饱受大西洋风暴的风雨摧打。那时每个人都准备好应对一场来自加拿大的暴风雪。气象站称其为一号飓风。不过尽管雪花漫天飘舞,纽约却并不畏惧。灯光依然璀璨,而他收到了一封来自哈尔的邮件。

你在哪儿？找不到你。有工作上的事。

“阿基,嗨。”哈尔说。哈尔在电话里的声音与众不同。他用堪萨斯州式的鼻音(来自父亲)和新西兰式的语法特色(来自母亲),构成了一副纽约式的拖长调。他的元音吐字连绵一片。“你去哪儿了？手机被驯鹿偷走啦？我给你打了好几个星期电话。”

“我很忙。”

“好吧,”哈尔说,“所以你还好吗？周末过得怎样？”

他的周末？莱文出了一次门,去灰狗咖啡馆吃了个简单的早餐。踩踏过的雪让城市显得脏兮兮的,而且冷得要命。游客们为了冬日大减价涌进城来，挤满了西村①，成群结队占领了布鲁明戴尔商场，春街、坚尼街以及街道之间，到处是人。他们逐间在小精品店里搜罗着瑞士军刀、设计师款背包、茶巾和衬衫，从一间小店逛去另一间。纽约大学方圆两千米内的每个咖啡馆和饭店里都坐满了结束假期的学生。不过这正是莉迪娅想要的。她曾想住在离校园只有投石之远的华盛顿广场附近。

莉迪娅不在，莱文便丧失了度过一周的节奏——周一到周五的实在感、周六的习惯、周日的放松。全都没有了。每天都可以是任意一天。只要他想，他可以把三个星期天连在一起，在城市里闲逛，在博物馆打发时间，沿着哈德逊河边走上几个钟头。没有莉迪娅往来于他的办公楼，他的工作周几近崩溃，如同杂草占领了石墙，最终整座楼都轰然倾倒。

然而这不正显示出杂草的创造力吗？工作于框架之外。洗脑的一种方式，他曾想，不就是制造一个世界，人们必须一周工作五十或六十个小时，每周如此，不论外面有多美的风景，不论他们心里在想些什么？那么绘画该如何产生？小说和雕塑呢？音乐呢？

他正在构思自己下张专辑的主题。他找回了几年前的想法，一套管弦乐组曲——近似一部小型交响乐——有四个乐章。他还想作一部歌剧。从早期与汤姆合作的电影配乐中改编。

“我有个活儿给你。跟汽车啊枪啊什么的都无关。”哈尔的音量对他的耳朵来说太响了。“作为你的经纪人，我必须提醒你，艺术圈里改朝换代非常快。两年对于好酒来说太久了。该闯一闯了，阿基。”

---

① 西村，指纽约曼哈顿的中心地带，堪称纽约艺术、音乐与时尚文化的发源地之一。编注。

“我在听。”莱文说。如果是之前他曾合作过的导演，一定会先跟哈尔谈。要是笔大生意，哈尔不会打电话，会直接来找他。所以他等着哈尔的话，心里半是对自己回复了邮件感到懊恼。

“是这样，”哈尔说，“你知道迪士尼跟那个日本公司——吉卜力工作室合作吗？”

“我觉得是场灾难。吉卜力怎么会同意？做出来的东西只会俗不可耐。”

“嗯……”哈尔顿了一下，似乎想要争辩，不过他接着说了下去，“现在华纳公司正低调地与一个叫和泉的公司沟通几个项目。他们想和你谈的是一部成人童话故事。”

“啊。”

“导演矶田诚治是你作品的粉丝。他觉得你是合适人选。他已经为这个项目奔走了很多年，接着，现在！华纳入场了。”

“卡通片吗？”

“是的，不过有华纳啊，莱文！而且它是给成人拍的，不是儿童片。”

“所以是类似《攻壳机动队》吗？”

“并不是。是部神话。非常特别。我这就把剧本发给你。会很棒的。他们真的非常想让你来。读完后给我打电话。”

“好的。”

“阿基，那就是说明天要打给我。并且手机要开机。现在不是中世纪了。”

再次关掉手机时，他突然想到哈尔没有提到莉迪娅。那肯定意味着什么。哈尔非常喜欢莉迪娅和艾丽斯。莉迪娅中风的那天，他接到艾丽斯的电话后就打给哈尔，哭了出来。哈尔来了，带着红酒和奶酪，听完他整场倾诉。莱文想不起当晚的细节，不过确实记得哈尔在门边拥抱了自己。第二天，法律协议生效，莱文从此与世隔绝。而今天他们说话的样子仿佛一切如常。这种伪装下有某种令人心安的东西。好莱坞有句名言："演久成真。"他和哈尔都演了，效果还不错。

他们在哈尔的办公室见了面。从华盛顿到长岛都有暴风雪警报。学校已经停课了，机场也已关闭。哈尔派了辆加长林肯去接他。已经中午11点了，一切仍像被冻住，克莱斯勒大楼上的浮灰在会议室窗外飘荡。

与年轻导演在一起的，是一个二十多岁的女人和一个三十多岁穿蓝色细条纹衣服的男人，莱文觉得自己老得无可救药。部分也是由于昨天看了谁人乐队在超级碗的中场表演，发现上了年纪的乐师工作起来太吃力了。

矶田本人看起来只有17岁，黑色披肩直发，雕刻般的面部线条有明显的日本特征。莱文立刻有种似曾相识的感觉。汤姆就像那样。这是直觉。

矶田字斟句酌地说着英语，元音发音非常迷人。他说起话来并不浮夸。似乎他的确知道莱文的所有作品。听过他的每张专辑——甚至包括《轻水》，这很不容易。也看过莱文参与的所有电影。

这位年轻导演微笑着，毫无圆滑气地说："我觉得你与华盛顿先生合作的作品非常有趣，乐谱很有意思。对他的去世我感到万分遗憾。我倾慕你们建起的伙伴关系，也非常倾慕你的创作。如果你给我这个机会，或许我们就有了合作的第一步。"

穿着卡通苹果图案衬衫的那个女人看着莱文说:"久石让的档期排不开。矶田先生就想到了你。"

莱文大脑一片空白。久石让?那就像是不能与霍华德·肖合作,去想下一个人选是谁。没有人能在霍华德·肖之后接手,久石让之后也不行。还有克林特·伊斯特伍德、埃尼奥·莫里康内、约翰·威廉姆斯、兰迪·纽曼。身为作曲家,他们声名已定,高高在上。莱文一直想跻身其列。他相信自己的水平已经足够了,奇怪的是至今未能加入其中。也许他已经很棒了,只是尚无人发觉。像梵高或普罗科菲耶夫生前一样。也许是因为他还不够好。这件事很是困扰他,他不愿去想。而现在,有人想让他为一部神话作曲?

"正如你从剧本里知道的,这是一部神话,一个虚构故事。我们想让你营造出一片脱离时间之外的古老森林,然而受到了邻近世界的威胁。"

"我读过剧本了。"

"是啊。你曾见过一条鱼变成女人吗?"矶田温和地问,"在你还是孩子的时候?"

"没有。"莱文说。

"我觉得我见过,就一次。所以我喜欢这个故事。我感觉它是我自己的故事。我在森林待过很久,感觉时间似乎就从那里开始。也许故事也是。柳木泛白,山杨轻摆,微风向晚,波澜湍湍……"

什么样的日本小孩会读丁尼生?莱文想知道。这个世界真是太混杂了。

莱文翻看着他们摆在面前的素描草图。一位苗条的黑发女人站在河边。女人跳进河里变成了一条鱼。一头白熊温柔地抱着一个孩子。

“这些图真棒。”莱文说。

“谢谢。”矶田说。

“是你的作品?”

矶田点点头。

“你知道,我此前没有为动画片配过乐。”

矶田年轻的眼睛黝黑如湿漉漉的石头,注视着莱文。“而我此前没有导过长片。《千与千寻》也是动画片。只不过不是给孩子看的。你知道这部片子吗?”

“我有个女儿,”莱文说,“她是吉卜力工作室的粉丝。”

“那么我们的时间怎么安排?”哈尔直接插嘴说,他瞥了莱文一眼,鼓励地晃了晃脑袋。

“如你所见,矶田先生已经在为这部片子工作了。”苹果衬衫说。她小巧完美的嘴唇涂着豆沙色口红。“矶田先生将为电影团队绘制所有的场景图。他也已经完成了原著的剧本改编。”

第二个女人,穿着黄色丝绸衬衫的那位,点点头说道:“和泉工作室对矶田先生非常信任。”

“我是宫崎骏先生的头号粉丝,”矶田说,“他当然也为自己的作品写作、画图和执导。这次我从文学作品里汲取了一些东西,如果成功的话,我将非常幸运地执导我的第一部电影脚本。”

“所以,时间表。”苹果衬衫回应着哈尔的问题。

“我认为一般来说,要么给时间要么给钱。电影的预算不高。所以我们会给你充足的时间,莱文先生。”矶田严肃地说,“我想这是比较少见的。”

莱文点点头。

黄色丝绸说:“工作室正在连续推进好几个项目,说句实话,

《河》是华纳最不看重的一部。但是矶田先生要证明他们错了。”

苹果衬衫将一张 DVD 碟片推向莱文,“这里有矶田先生最好的作品。包括音乐剪辑。几部动画短片和几部游戏,是送给你的。”

“那就是说,”穿条纹西服的男人说话了,在此之前他一直保持沉默,现在他出乎意料地带着布鲁克斯口音说起来,“今天是 2 月 9 日。我们预计在 4 月 30 日之前完成影片拍摄,我们希望配乐初稿能在 5 月 20 日前完成。如果矶田先生满意的话,我们会再与你沟通如何编曲。”

矶田点点头,对着莱文微笑:“我期待我们能够一起构建音乐和画面。”

“电影上映时间定了吗?”哈尔问。

“那取决于华纳,”矶田说,“我希望是明年 2 月,那时圣诞已过,人们已经准备好看一些更……引发思考的东西。”

“你会在纽约录音吗?”

“如果你想如此的话。或者你也可以来东京。”矶田笑着说,“我很喜欢在东京录音,不过那对你来说肯定会有点困难,莱文先生。或许我可以带你去我们的森林。我们一边交流一边创作。”

莱文思考着自己已经着手的专辑。不过也许,只是也许,他可以继续做些专辑外围的工作。对专辑也有好处。没准可以搭起某种结构来。

矶田说:“莱文先生,如果你同意做这部片子的配乐,我会尽我所能让你骄傲的。”

莱文看着年轻人热切的面庞。

“稍等。”他说着,离开了房间。他找到洗手间,关上隔间门,脑袋靠在瓷砖墙上。他不知道自己为什么开始流泪,只觉得这是他一生中最难过的时刻。

矶田和他的乐观中,有一种非常可笑的天真。莱文想到自己做的第一部电影配乐,那时他也是如此满怀乐观。如今他还有乐观吗?没有莉迪娅,他怎么创作?他想让她回家。但如果他让她回来了,他绝不会参与这部或下一部电影。那是她曾让他立下的决定。如今他必须做点什么了。否则代价太大。

他的脸靠着冰冷苍白的墙。他紧紧贴着它,就像乘着一块木板漂在海面上。他无声地恸哭起来。

过了一小会儿,他平静下来,推开隔间门,在水池里洗了脸,用纸擦干脸和手,理了理头发。他看起来很糟糕,他知道。但是突然间这都不重要了。如果他们觉得他有点精神失常,那他们没错。他穿过空荡荡的走廊,回到会议室。

“我接了。”他说。

第十九章

“这是我最后一天啦。”简说道，做了个鬼脸。

“你的航班是什么时候？”莱文问。

“下午5点。我想尽可能待久一点。”

莱文想告诉简他听到的，那超出了常人的听觉，是回荡在方框区域里的音乐。每当孩子们从水中跑过，或鸟群从湖面飞向晚霞，或夕阳洒在花瓣上，便会出现那样的音乐。有时他觉得自己听到锡塔尔琴或乌德琴清晰的旋律，连同它半梨形的背部和弯折的颈部轮廓。他曾是西雅图的一个男孩，试图抓住风的乐声。如今他是个极力捕捉音乐的男人，要在幻觉消失前握紧它。

“我想看弗里达·卡罗画她，”简说，“我想知道如果她坐在椅子里，会给玛丽娜带来什么样的痛苦？你记得去年冬天，国会山的沉思池结冰的时候，很多人都去冰面上走吗？你看过那些照片吗？我觉得那给了我《圣经》般的一击……而这里……这里，他们来坐在她对面，也有点《圣经》的感觉。”

莱文点点头，仍在听着脑中的音乐。

“你知道布里蒂卡，我给你介绍过队伍里的那位博士候选人吗？

那个从阿姆斯特丹来的中国女孩儿，染着粉色头发？我们聊到人们为什么在四层波洛克的画展里待上一两分钟就走了，却在这儿站住，停下来看玛丽娜四个小时。我们中有很多人一再地回来。瞧！”她指着方框区域中的人群，和那条等待坐在玛丽娜对面的长长队伍。“他们来自世界各地。英国伦敦、爱尔兰、法国、葡萄牙、埃及、以色列、维也纳、澳大利亚。他们在纽约宝贵的几天时间里，一次又一次地返回这里。我从未见过任何人花这么多时间看一部艺术作品。”

莱文点点头。

“她看起来很憔悴，不是吗？”简说，“我想如果有几百双眼睛盯着你看，一定会是这样。”

玛丽娜看起来格外苍白，她的眼圈通红，看起来像要得某种传染病。她的皮肤跟蜡烛似的。中庭里挤满了吃午餐的人群。另一个人坐下了。他是个光头，脸庞宽阔而热情。

简说：“我为什么在这里？我想这一直是我们要寻找答案的问题。也许我们就是为此而来。也许我们认为她会知道。”

莱文看着她。他正要回答，另一侧有个穿着大印花衬衫的漂亮女孩，问他能否为自己解决一个小争执：“你在这里看到了什么？”

他耸耸肩：“很多东西。”

女孩说：“我觉得她像一棵树，生根在这里。一棵银色的公主胶树。”

“那可太女孩儿气了。”她身边的男孩说，冲着莱文咧嘴笑了。

“嗯，你觉得她是什么树？”她对同伴说。

“我不知道。猴面包树吧。有点异国情调。”

“你们两个呢？”女孩坚持问道。

“哦，可能是猴谜树吧，”简大笑着说，“阿基？”

“我对树不太了解。”他说。

那对年轻人回头自己聊起来了。简再次将目光投向中庭中心那两个互相注视的人时，感到周围非常安静。注视这个词对这个场面来说太疏远了。他们两个人好像要把对方一饮而尽。

莱文打了个呵欠。他昨夜又没睡好。他在凌晨 1 点 5 分醒来，就再也睡不着了。他起床看了一集《黑道家族》①，坐在沙发上无精打采地试图自慰，又放弃了。这么做太累了，而且他不想因此回想起莉迪娅。最后他拿起耳机，到工作室去了。他弹了几首旧作，想着自己有朝一日要办一场演出，把自己所有最出色的作品都搬上舞台。他琢磨着该请哪家俱乐部，还有宾客的名单。

这座城市随意抛掷时光。每个纽约人都在燃烧生命。站在窗边，他能感受到世界的尽头，渴望着有人扔下一条绳子，把他拉到天上去。

上周，他为手上的皮疹去看过医生，拿回一瓶乳霜。那不是他常看的凯普勒斯医生，而是后者不在时的一位代理医生。医生建议他做常规的血液和尿液检测，看看是否有问题。结果是莱文的胆固醇偏高，但就他的年龄来说并不严重。无需服药。肾脏功能良好。血压 130/80，心率 74。每项指标都正常。“运动有好处，”医生说，“对失眠有效。多汗的症状可能与咖啡因有关。不过男人过了 50 岁，会有一大堆潜藏的致病因素。压力是罪魁祸首。运动则是你的好朋友。有助于减轻体重。还有别吃太多本杰瑞冰淇淋②。你游

---

① 《黑道家族》(*The Sopranos*)，1999 年首播的一部美国电视连续剧。编注。

② 本杰瑞冰淇淋(Ben & Jerry’s)，仅次于哈根达斯的美国第二大冰淇淋制造商。编注。

泳吗？或是打网球、骑自行车？”

“会打网球。”他说，记起哈尔曾邀请他重拾夏日游戏。

医生建议他少喝咖啡。甚至先暂停六周，看看是否对他的睡眠周期有好处。他的饮食里有什么会在夜里刺激身体的吗？医生问道：“太多红肉？白天水喝得少？”

莱文已经四天没喝咖啡，然而毫无变化。甚至没头疼过。可他依然在夜里醒来。

他对简说：“昨晚电视里有个新闻让我一直看下去。它说：一名晚间游泳男子被游客发现了。后来我才发现漏掉了后面的几个字。实际上，整条新闻是：一名晚间游泳男子的尸体被游客发现了。三个字居然造成如此大的差异。”

“尤其对那个男人来说。”简说。

尤其对那个男人来说。莱文一辈子都在想自己将怎样死去。会是命运无常的突袭？或者死亡的过程会绵延许久、痛苦不堪？他对自己开始健忘忧心忡忡。他走进卧室去拿东西，却怎么也想不起要拿的是什么。他肯定要买什么才去了市场，却发现自己对着货架，脑中一片空白。他回忆影名和演员，甚至是电影配乐师的时间，越来越长。他不知道是什么时候，头一回迫切地想记起某件事。或许他现在已经和父亲一样，脑袋开始长肿瘤了。

“我觉得，我们这么做多了，会更宽容。”简说，“想象在阿拉伯国家、非洲，甚至是在美国，如果男人们也这样对待妻子，或者妻子们，每天如此。看着对方的眼睛。或是士兵看着士兵。孩子看着老师。政府首脑们互相对视。也许你想跟某个重要的人对视以前，可以先跟其他人试试……”她笑起来，“可是真的，想想看！”

莱文在想自己为电影《河》的配乐。他把第一首命名为《苏醒》。冬王遇见了一位住在森林里的年轻女人。被诅咒的女人。她在森林里已住了一百年或更久。(这毕竟是个神话故事)他们相爱了,有了一个孩子。可是当孩子出生,却让女人陷入巨大的孤独之中。莱文不知该怎么处理这一段。每次尝试都像是陈词滥调。

在深夜至黎明之间醒着的那几个小时,他好像在寻找一条渡河的路,找到最佳的落脚石,好让自己不被冲到下游去,河流湍急又凶险。有时他四周全是冰,异常寒冷。整座森林死生相织。在那绝望的几小时里,他感到前所未有的孤独,他确定自己已看不到来时的路,永远不能穿过森林走回去。在1点05分或3点17分或4点24分,他几乎站不住脚。然后他在一片阴影中看见了莉迪娅。

“如果你去坐下了,请写邮件告诉我。”简说。“给你,我的邮箱地址。”她在笔记本的一页纸上匆匆写下信息,“我一回家,这一切就会变得遥远而不真实。”

“你可以看现场直播。”莱文建议说,指着中庭里的摄像机。

“我还会把手机号写给你,如果你要去坐了,能给我发信息吗?我很想看。”

“当然。”他说。

“我觉得不会有很多作曲家坐在她对面。”简说。

“有可能。”他已接受了简的离开。他讨厌冗长的告别。他不会给她发邮件。

她犹豫了一下,然后说:“阿基,我的父母结婚已经60年了,我母亲从未来过纽约。她总觉得自己会迷路。我父亲来这儿参加过几次比赛。”

他点点头,不确定她为什么要告诉自己这些,她现在都要走了。

“你的妻子还会回家吗?”她问。

“不会。”

“不能变吗？”

他看着她，惊讶地在她脸上看到了善意。

“是的。”

“可你还爱着她……”

莱文点点头：“是的。”

“所以，你试过吗？”

“她做了很清楚的指示。”

“你知道，阿基，我们互相并不了解，不过以后也许会的。所以我只是想在走之前跟你说说。卡尔和我，我们已经在一起28年。如今我失去了他，我没说过的话也再没机会告诉他了。我想，如果我鲁莽地要给你点建议的话——我知道男人都讨厌这个——你该试试所有你能做的。我只是不想看到爱被空掷。”

孤独是寂静的，甚至是隔音的，他想。“我得回家。”他说。

“好。”她说，吓了一跳。他突然一跃而起。

“我的电影配乐突然有着落了。”

“真了不起，”她说着，和他一起站起来，“去！去！快！”

他吻了吻她的脸颊：“嗯，这真的……”

她笑了，“谢谢。很荣幸见到你，阿基。如果你坐到玛丽娜对面了，请让我知道。”

“我会的。”他拍拍口袋说道，他把她的纸条放在那儿，假装自己是那种会再联络的男人。

家里，他在工作室坐下，做起这辈子一直在做的事。他反复试验音阶和琶音，调整大小调和弦，沉浸在情绪里，感受着两种越来越强的色彩。他看着阿布拉莫维奇的侧脸，苍白而平静的面容；又看见一个女人独自站在森林中央。然后他听见了。一首心灵之曲，一级通向孤独与联结的台阶；一支关于森林与水的音乐。那儿，在音符里，是时间、寂寞和渴望爱的音乐。

他的手在键盘上下翻飞，指下斯坦威钢琴的琴键冰凉而黑白分明，乐声清亮。一股激情沿着他的手臂喷薄而出。他听见主旋律在电影里左奔右突，串起所有场景。雨点打在叶片上，月亮悬在当空。音乐回荡。他明白了乐章该怎样推进。他窥见一切如何开始又如何继续。他不停地弹，看着那个白天的女人夜晚变成鱼，日落时滑入水中，黎明时醒来走出河流。阳光重返大地，照着树木蕨草、岩石飞鸟、青苔蘑菇，林间闪烁着细微的光。那女人站在水流涌动的河中，掌握着世上所有的故事。

他脑中是德沃夏克的第 95 号作品，E 小调第九交响曲，号角萦绕的呼唤，以及安静的休止瞬间。不过这次是钢琴在呼唤，向阳光招手。这是一个关于世界诞生与变化的故事，没有什么与之相同。

第二十章

如今莱文终于敞开自己包容音乐,我则去看离开纽约的简。世上有艺术家,也有引导者。我赞颂引导者。他们是艺术发展的顺滑剂,是创造力的机油。当艺术家相信自己失败了,天赋未被发现就消失,或是没有如自己期待的方式获得认可,他们就会转而去教导他人。所以有太多的父母或朋友会分享自己的人生经验,告诉年轻的艺术家他们永远不会成功,世界太大而他们太渺小;由于现实原因,他们的梦想不会实现。或是有身居高位而不懂艺术的人,以为他们自己来写作或绘画或制作电影,会更出色。能有多难啊?我见过归于失败的机会如岔路一般多。每一次,都会出现小小的毁灭。对于毁灭的第一反应往往是气愤。但是简并不生气。简正在琢磨那个司机。

她能闻到他身上的香水味道。可能是檀香,还有点肉桂的气息。她观察着他均匀的发际线,白衬衫领口上方有些微胖的脖颈。她想问他各种问题。为什么要来纽约?幸福吗?信上帝还是真主?对奥巴马怎么看?最喜欢吃什么?如果回到 17 岁,他的人生会是怎样?然而她只是坐着,看着地平线伸向郊区,潮湿黯淡的天空下,宽阔的高速路离城市越来越远。她想回家真好,有孙子们围上来问东问西,自己也能好好地休息一场。

她花了16天去看坐在桌边的玛丽娜·阿布拉莫维奇。她看到人们走了又来。有些人等了好几个小时就为在桌边坐下来。还有很多人错过了。成千上万的人成为《艺术家在场》的目击者或参与者,而目前表演才刚过半。没有她,表演仍将继续。她没有坐在那儿看到表演结束,但她依然是构成表演的一个碎片。是直播镜头里露在边缘的一只鞋,人群中眉目模糊的一张脸。

她想到自己去看的世贸中心遗址。规模之大令她震惊。那不只是两栋建筑而已。是城市的整个街区坍塌成了一片碎石,和零星几台黄色的机械。要是改造成草坪就好了,她想。改造成景观园区,建一座锥形小山,视野开阔,能够仰视天空,供人思索;再加一个水上花园,一条漫步小径通向各个方向。她想起曾在杂志里看过一个设计。开罗的一座博物馆里,设计了一间雨屋。能让那些整个童年都未曾见过天空的孩子们,感受到超过40种不同的下雨天。

世界太丰富了,简想。终其一生能做的,也不过在地表留下一道刮痕而已。一切都过于巧合,道路如动脉,建筑如阴茎,云朵如图画,战争如狩猎,水波如思绪。她好奇,如果在双子塔的遗址上,自然造出一座青山来会是什么样。让海风轻拂那些悼念、祈祷和沉思者的面孔。这座山对于修复曼哈顿的风景将是怎样一个小小的奇迹啊!毕竟,不过400年前,整座岛都除了山和树林,什么也没有。然而,平地适合道路和建筑的地基,平地适合网格和地下系统,平地适合交通,哪怕是步行。山川夷入海里,河流转入地下,森林变成木材,飞鸟鹿群消失殆尽。让一座山重返此地,肯定会发生点什么。

老德威特·克林顿①对这个主意会怎么想？她很想知道。

玛丽娜·阿布拉莫维奇给这座城市带来了新鲜的东西。她让自己成为城市中心的一块磐石，而几百年来这里的一切都变动过，且仍在变。她将自己身上的欧洲历史、家族历史和个人历史都带到这里，并像真正的纽约先锋一样，让整座城市为她的想法而变。她通过艺术实现了这一点。

在机场，简买了一本《宇宙》杂志，等待乘机。登机后，航班延误了两个小时。她读了一会儿，看着大西洋的夜景。旁边的座位，一个年轻人疯狂地在平板电脑上打字，用手机发信息，在自己的世界里忙个不停。终于，航班起飞了。她的香槟酒杯被收走，与一个用来装水的空瓶和零食包装袋丢在一起。飞机开始滑行、向天空冲去。

那种对抗地心引力的巨大冲劲，她总感觉不会成功，认为这架金属的、带翅膀的大长盒子，肚子里还装着几百个人，飞不到天上去。不过奇迹当然发生了。他们现在来到了曼哈顿上空，来到了高耸的建筑群上空，自由女神像所在的海港就在下面的某个地方。象征生命与活力的灯光一直延伸到目力之极。灯光标示出北方、西方、南方，而她要回家了。她闭上眼睛，有一瞬间仿佛回到了中庭。她想知道如果她坐在桌边，会看到或感受什么？坐在场外看就够了吗？她是不是错过了改变一生的机会，某种行动的勇气？

她的手条件反射地想去抓卡尔的手。有那么一瞬间，她有强烈的冲动想把头靠在那个年轻人的肩上。在那一瞬间，假装身边有个

---

① 德威特·克林顿（Dewitt Clinton，1769—1828），美国政治家，曾任第七任、第九任纽约州州长。编注。

爱自己的人。

也许我该回去,待到结束,她想。我可以回去。我可以在最后一天看她站起身来。在 75 天的最后,看见玛丽娜·阿布拉莫维奇站起来,该有多妙啊。

第四部

工作的日子最美好。

——乔治娅·奥吉弗

第二十一章

莱文在餐桌边已坐了16分钟。他在感受自己的脖子。感觉有点阻滞。他在4点30分和5点15分醒来，没什么事可做，就翻出了黑色运动裤和常穿的白T恤。他5点45分就到了老佛爷百货商场，6点在那儿有普拉提课程。他之前的教练去年搬去了亚利桑那州，新教练名叫麦迪，教得很好。他的腿部肌肉太紧张了，她告诉他，臀肌也很紧张。他身体的大多数地方都很紧张，而紧张可能造成肌肉松垂。课后，他感觉整个世界都更清晰明亮了。他的运动知觉需要再加强，而麦迪很乐意陪着他一起。

回家的路上，他在一家从未试过的咖啡馆享用了炒蛋和咖啡，味道不错。回到公寓，他把餐桌旁的椅子都搬走，只留下两把，将这剩下的两把对向而置。在其中一把椅子上，他放了卧室取来的几个枕头。感觉不起作用，又在沙发拿了三个红色靠枕，从空客房拿来一个白色圆枕头。然后他从壁橱里取出黑色羊绒围巾，也放在上面。

“你好啊，玛丽娜。”他说。这看起来还比较像样。

他坐在对面的椅子上，试着放松自己。他觉得有点傻，不过反正没人看见。他为自己整理她头发的样子笑起来,又忍住了。他深呼吸,盯住那个白枕头。他立刻发现自己很想抓抓左肩胛骨。他把头轻轻摆向左侧,然后是右侧。他挠挠眉毛,转动肩膀,尽力将一边肩膀,还有另一边,在椅背上蹭了蹭,放松双脚,弯起手指。然后他再次试图坐直身体。

他试着想象玛丽娜的眼睛透过枕头回盯着他。他的眼神越过玻璃门,瞥了一眼宽敞的屋顶阳台。他本可以把早餐的盘子洗掉,继续在工作室度过一天。他本可以散散步,到上城区去。可他必须做好这个坐着的事。

他开始想今早吃炒蛋时看的《时代》周刊。4 月 19 日这天居然发生了那么多大事。俄克拉荷马州爆炸案。空运组织。得克萨斯州谋杀案。要在过去,这简直是革命的前兆了。

节日有很多。阵亡将士纪念日、独立日、劳动节、万圣节和感恩节。艾丽斯小时候,过了阵亡将士纪念日他们就会在缅因州租下同一幢房子。通常他只在开始时住几天,而莉迪娅和艾丽斯会住上几个星期。他喜欢夏天的纽约。暑热不消的夜晚,酷热难耐的白天,打开窗就黏糊糊的黄昏。空调、凉水澡和哈德逊河微微凉风带来的欣喜。静默的公寓。日复一日独处的放松令人愉悦。然而,之后他就会开始思念莉迪娅和艾丽斯。每当想起那段日子,他就会想到约翰·克特兰、塞隆尼斯·蒙克①和精酿啤酒。

他再次集中注意力,想象玛丽娜在桌子对面回看着他。过了一阵,他意识到自己看的是玻璃壁橱的门。这里看起来像是住了一大家子。现在他能很好地把一个杯子、一只碗和一个盘子摆放整齐。

---

① 约翰·克特兰(John Coltrane,1926—1967),美国著名萨克斯管演奏家。塞隆尼斯·蒙克(Thelonious Monk,1917—1982),美国爵士乐作曲家、钢琴家。编注。

约兰达，他们的管家，每周会把菜放在冰箱里，附上一张简短的便条，以及种类丰富的沙拉和蔬菜。她会每周来清理两次冰箱，并换上新的菜品。有时她会给他留下巧克力布朗尼或饼干。食品间里，她一直为里格比存放着种类多样的猫粮。

周日中午，莉迪娅喜欢为他们的朋友做午饭。对莉迪娅来说，是新朋友还是老朋友都不要紧。聚会令她精神抖擞，似乎这些聚会是一场运动。他不像她那样需要人群。他无法理解，莉迪娅刚从布宜诺斯艾利斯或首尔回来，第二天依然要为 18 个人准备午餐。可那就是莉迪娅。总是活力十足，似乎没有时间慢下来。也许她是对的。

枕头——玛丽娜，回看着他，纹丝不动。他眯起眼看她，她则对他的坐立不安表示批评。桌子下面，他交叉手指，放进腿间。几乎是立刻，他的手开始发痒。很快他的背又开始了。他的背部下方很紧张。他的屁股开始疼了。由于普拉提，他发现了所有这些小小的肌肉，此前从未意识到它们存在；而明天，这些疼痛还将加剧。

他唯一看出真人玛丽娜的动作，是轻轻地前后倾斜身子。或是肩膀和头的微微转动。它们动得非常缓慢。如果她太热或太冷怎么办？他想知道。那是运气不好才会有，他猜。她很难会说，嗨，给我条毛毯。也不会去小便。还有更糟的情况，肠胃问题。难道她上午不用排便吗？他搞不明白她是怎么控制这一切的。也许塞尔维亚人比其他人更坚强。他耸耸肩，伸了伸脖子。又犯规了。

现在他的胳膊在身体两旁沉重不堪。他回过身看了看钟。17 分钟。他叹了口气，转过来坐直身子。而他臀部和胯部的疼痛愈发难忍。

要是莉迪娅乱扔东西多好，他想。要是她大叫大嚷多好。他希望她曾弄伤他，留道疤在身上，那么他就能看着它说：*就是那天。就是它。那天她说她不能再跟我生活了。*

艾丽斯告诉他有关中风的事后，他打开了最后一件标着莉迪娅个人的搬家纸箱。他把每件珍贵的东西都小心摆好，与自己争论着哪里放这些茶壶、雕塑、小碗和盒子最合适。有几个星期他不停地买鲜花摆在她桌上，企图以此蒙蔽自己，这样做就能引她回家。

他听进了她关于学校教育危机的议论，还有奥巴马在首个任期内参议院权力制衡时该做什么，得知他获得诺贝尔和平奖她有多生气，那是自基辛格得奖后最糟糕的决定。还有那年冬天是有记录以来最冷的，会导致农业受到巨大损失；海冰融化的程度史无前例。他并不想知道这些一团糟的事。他难道没有权利享受空调吗？他喜欢明亮的房间和航空旅行。他对解决世上这些注定要变糟的事情感到无能为力。他不过是一个人，一个以乐娱人的音乐家罢了。那不是他的问题。他做了垃圾分类。

他惊讶地发现自己不曾料想地思念艾丽斯。比艾丽斯去法国的那年还思念她。他仿佛记得，那时她不在反而让他轻松。他喜欢重新独享莉迪娅的感觉。他们很容易便找到了平衡工作和电影、就餐和散步、骑单车和喝咖啡的节奏，这似乎是对他们共处二十余年的奖赏。

艾丽斯从法国回来后，就搬去和朋友们住。她的床、桌子、海报、书籍、衣服和首饰，所有自学生时代起便填充了她整个房间的物品，全都随她搬走了。她没有来过新公寓。他从未邀请过。她也从未要求过。他们见面总是约在咖啡馆或饭店。她的大学学费和日常开销由莉迪娅开设的一个账户支付。他毫无用处。如今没有莉迪娅做家庭晚餐，或是张罗三个人去剧院或听音乐会，他越发强烈地察觉了这一点。

莉迪娅的衣服还挂在衣柜里。她的瓶瓶罐罐还在浴室。还有那架钢琴,1月21日他生日那天上午送来的。动用了吊车从阳台运进屋里。莉迪娅早在去年11月就办好了许可证,申请封闭道路,一点口风都没对他透露。

那个木头箱子吊上五楼转入屋里时,引来无数路人在结冰的路上围观。他爱那架钢琴。斯坦威公司的人走后,他第一天就坐在钢琴前弹了好几个小时。可是直到那一整天过去,他也没再收到祝福。没有一个人拜访,因为莉迪娅不在,没人组织朋友们来。艾丽斯也没来,因为他还在为法律文书的事生气,而且并不想打开手机。所以他不知道她还记不记得他的生日,或有没有想来看看他。如果她确实想来,她有这里的地址。可是没有卡片。也没有人在前台留下口信。

他们本不必搬进这间新公寓。他奇怪自己之前没这么想过。已是4月,他仍独自一人,莉迪娅没有回过家。他突然真真切切地意识到这一点。他要打电话告诉房产中介,说他想卖掉房子。他要找别的住处。也许搬回上西区。搬到一个放得下钢琴,又不会时时刻刻提醒他莉迪娅不在家的地方。

他从桌前起身,进了储物间,从靠墙处拉出了最后一个包装平整的搬家箱,开始收拾它。他去厨房拿来剪刀,又翻遍几个抽屉想找包装胶带。可没有找到。直到那时他才发现自己已离开桌子。离开了椅子和玛丽娜,还有她的枕头脸和黑色羊绒头发。他看了一眼钟。他坚持了26分钟。

她完全控制了自己,他想道。玛丽娜肯定一整天都渴望能站起来,走出去,干点别的什么事。可她没有。

不受控制地,他想到了和艾丽斯的一次对话。她大概十二三岁,正拿着靴子往他们在阿斯本老房子的滑雪屋里放。

“爸爸,”她说,“我觉得人们需要害怕。”

“为什么呢?”他问。

“嗯,”她说,一副告诉他自己早餐要吃哪种谷物时那种实事求是的神情,“害怕引发怀疑。怀疑引发推论。推论引发选择。选择引发生命。没有害怕你就不会怀疑。没有怀疑你就不会有推论。没有推论你就没有选择。没有选择,你就没有生命。”

可是选择总会引发生命吗?小小的死亡每天都在发生。他看见过。有一种死亡是已经21岁了,再也不能拿年轻当借口了。一种理想主义的死亡,是第一个你爱过的女孩离开,接着是第二和第三个。一种死亡是观众不再只是示好,不再热情,不再为他的作品欣喜若狂。一种死亡是丢掉了奖项,或甚至连提名也没有得到。一种死亡是工作被经验和天赋都不如自己的作曲家抢走。一种死亡是45岁来临时的精力不足,而他意识到自己再也不能像过去那样长时间工作了。一直让他十分喜爱的自己的脸,在过去几年里苍老了两倍。曾经姜黄的头发如今已花白,还仍在褪色。颈部的皮肤也越来越松弛。人的一生里,时间是无情的。

他必须要打电话给艾丽斯。他去了卧室,拿出手机开了机。她在铃响两声后接了。

“爸,”她说,“很高兴听见你的声音。”

他怀疑这是嘲讽,这不像艾丽斯。他决定忽略它。“我能接你去吃晚餐吗?”

“呃,一切都好吗?”

“当然。是的。不错。”

“我有点忙。”

“格莱莫西酒馆怎么样？我有事要跟你商量。”

“爸，已经没有什么事好——”

“求你了艾丽丝，我真的需要见见你。”

她叹了口气。“哦，所以过了这么久，我发了那么多信息给你，你就这么打电话说想见我了？”

“只是一个父亲想跟他的女儿吃顿晚饭。”

又是一声叹息。

“星期天吧。”

“7点？”

“我觉得可以。”

“到时见。”莱文说，然后，尽管她已经挂断了，他又补了句，“谢谢你。”

他把箱子摆平又放回了储物间。约兰达随时可能会来。莱文突然发现自己不知道怎么给约兰达付薪。她每周买来的食物怎么付钱？尽管莉迪娅已经离开，她仍将事情安排得如他所愿。有机谷物的低脂牛奶。波多黎各的法国巴西桑托斯咖啡。艾米牌的酸面包。多种口味的本杰瑞冰淇淋。餐食。芝士通心粉、法士达、烤猪肉配圆土豆、海鲜派和千层面。橱柜里永远有意大利面和调味汁。冰箱里有好几种芝士、冷盘和小菜。想到她做了这么多事而自己完全没想过工资问题，他心里有点刺痛。食品的钱也没有付过。算到现在应该有很大一笔了。

他写了张便条。*嗨，约兰达，这几个月我欠过你钱吗？请告诉我。*他把它靠在厨房吧台的一个杯子上。然后又加了句，*如果我疏忽了，非常抱歉。*又一件莉迪娅不在时他要顾好的事情。还有税费。他们的会计发了一封邮件来。可过去一直是莉迪娅在处理。那个会计就不能自己干活儿吗？

他出了门，沿路走到弗朗索瓦饭店，吃了一份芝麻菜，一块烤鲑鱼和一份薯条。午饭时他戴耳机听着佐伊·基婷的专辑。听起来就好像她在一座画着珍珠母鸟和积雪山川的漆质屏风旁拉着大提琴。他能感觉到从狭长湖面上吹来的风。她拉琴的时候，整个自然画面跃然眼前。

1 点 30 分刚过，他就到了现代艺术博物馆。他想，如果晚餐顺利的话，他和艾丽斯可以一起去看六楼的回顾展。他想她会喜欢的。他们可以修复一点关系。这几个月太艰难了。看着她妈妈那副模样，她肯定很难吧。她经常去看莉迪娅吗？他猜她会的。他感到了嫉妒的刺痛。

他四处环顾寻找简，才记起她已经回佐治亚州了。突然间，他开始思念她。

第二十二章

人们总是蜂拥去看回顾展——伦敦国家博物馆的梵·高展，古根海姆博物馆的康定斯基展。他们蜂拥去看蒙娜丽莎、大卫像。他们蜂拥去看巴塞尔艺术展和威尼斯双年展。可一座城市上次被单一艺术家的单一作品吸引是什么时候了？1969年，克里斯托和珍妮-克劳德包裹了悉尼海岸线。2005年，他们在中央公园放置了7503座由橙红色纺布做成的"门"，那一年从这些"门"里穿过人比参观纽约各博物馆的人还要多。

现在，每天的人群都在增加。早上7点，想与玛丽娜对坐的人就在艺术博物馆外的步道上排起了长队。自3月6日表演开始，超过35万人看过这场艺术。

这位艺术家坐在她的桌前。有着天使般眼睛的男人又坐在她对面了。他们纹丝不动坐着，眼神交汇，差不多有半小时了。玛丽娜能看到一间满是纸屑的房间，笔记、信件、收据、日记、手稿、书籍——她搜集的一切纸张的碎片（相信我，她真的在收集这些——她从不扔东西，甚至是牙医诊所的收据）。这是她想象自己死后陈尸的房间。

坐在表演场地一角的是莱文，穿着黑色牛仔裤和蓝色花纹衬衫。再远一些是阿姆斯特丹来的布里蒂卡，丝缎般的粉色头发和标志性的妆容。还有另一些穿着帽衫带着笔记本电脑的学生，只要他们写出点有用的东西，就能靠这场表演挣好几个月的钱。还有一些名人，随着《艺术家在场》表演的深入，来得越来越多。他们可以直接排在队伍前面。这很自然。

观众来自纽约布鲁克林，还有孟买、柏林和巴格达。唔，也许没有巴格达，毕竟那里是战区，满是破败的建筑、灰尘、高温，鸟声不闻。我在那场战争中见过上万名市民的死亡。那些市民也曾喜爱过梵高的向日葵或莫奈的睡莲。或许也读过娜齐克·阿尔-马莱卡、多萝西·华兹华斯、玛丽·奥利弗和克里斯蒂娜·罗塞蒂的诗。说不定他们喜欢莱昂纳德·科恩和卡蒂姆·阿尔-萨希尔的音乐。或是麦哈默德·赛义德、欧内斯特·海明威、比杜儿·赫达卉、托妮·莫里森①的著作。战争毁灭了共性。

这里不是战区。这里有共性。玛丽娜的朋友们也来了。他们如何看？那些没来的呢？那些无法忍受看她如此痛苦的朋友？他们清楚地知道她正承受怎样的痛苦。也能清楚地看到她痉挛的眼皮，不安的手指，苍白的皮肤，透棕色虹膜中瞬间的失神。

弗朗西斯卡·朗是玛丽娜长期经纪人迪特尔·朗的妻子。玛丽娜是能让经纪人富起来的艺术家，很多人并不能做到。经纪人就像猫。虽然罕有运气能抓住一只鸟，但猫始终对飞翔着迷不已。玛丽娜没能让迪特尔富起来。他也从不曾有此奢望，但他认为她做的事相当重要。

---

① 托妮·莫里森（Toni Morrison，1931—2019），美国作家，1993 年获诺贝尔文学奖，代表作《所罗门之歌》。编注。

“我以前说过，”弗朗西斯卡·朗对丈夫迪特尔说，“玛丽娜前世是埃及艳后克利欧佩特拉，或者是希波吕忒女神，要不就是伊丽莎白·维吉-勒布伦，画家就更说得通了。”

迪特尔·朗叹了口气。

“你不能再去了，”她对他说，“这对她没有帮助，对你也是。”

“可我要看看她好不好。我的意思是，我们知道她并不好。我们知道那糟透了。”

“她会没事的。如果我知道什么，那就是她会没事的。”她知道玛丽娜的腿肿了。她的肋骨下垂压迫了内脏。可是玛丽娜会没事的。这些年来，要是弗朗西斯卡还不能确信玛丽娜取得成功的能力，那还不如说她对自己的婚姻更不确定。不过不可否认，起初弗朗西斯卡有过怀疑。但玛丽娜从不让自己失败。迪特尔的决定是对的。

弗朗西斯卡清楚，玛丽娜的成功，需要迪特尔作为顾问、商业联络人、朋友、经纪人、法律顾问和共谋者，为促成玛丽娜的艺术野心全程参与。这不是恶意的旁观者言。这是简单的事实。尽管已是2010年，弗朗西斯卡惊讶地发现自己仍要频繁捍卫女性对于成功的渴望。要说有什么不同，那就是它本应被鼓励，弗朗西斯卡想。不管她们为之做出多少努力、她有多么疲惫，有野心的女人始终被视为不祥的、缺乏同情心的、自私自利的、咄咄逼人的——不管她为这个世界付出了多少。非常可笑，可事实就是如此。

在把玛丽娜介绍给迪特尔之前，弗朗西斯卡已经认识她好多年了。正是在弗朗西斯卡组织的午餐桌上，迪特尔和玛丽娜达成了工作关系。自然如此。为什么不呢？对玛丽娜来说，迪特尔是最佳经纪人。他们有着同样的野心，对纽约有着同样的渴望。

有人问弗朗西斯卡对玛丽娜的看法。她难搞吗？冷酷吗？是，弗朗西斯卡会回答，也不是。玛丽娜是我见过最温暖的人。妇女组织曾试图宣称玛丽娜是女权主义者，但玛丽娜否认了。她说自己并未公开发表过女权主义的作品，尽管弗朗西斯卡对此有所怀疑。显然，《艺术必须是美丽的，艺术家必须是美丽的》的表演展示出很多关于女性和艺术的看法。

人们似乎忽视了，玛丽娜曾目睹前南斯拉夫的瓦解。玛丽娜知道人民被如何对待。她和父母住在一起，两人床边各有一支手枪。

玛丽娜曾向威尼斯双年展申请设立前南斯拉夫馆，但（当对方一得知她要进行怎样的表演）遭到拒绝。迪特尔为她找到一个密不透风的地下室，酷暑难耐。在那里，她清洗从屠宰场刚运来的牛骨头。地窖墙上，挂着她父母——瓦乔和达妮察的照片，图像的倒影映在一个个巨大的铜制水碗里。其中一面墙播放着玛丽娜的影片，片中的她穿着白色实验服，正在解释凶残的小鼠如何吃掉其他小鼠。

当参观者走下楼梯来到地窖，腐败肉类的甜腥味便扑面而来。艺术家坐在一堆血腥的腐烂白骨尖上，擦洗着骨头上的斑斑血迹。这是一个市民和一个女儿的回应。一个艺术家的回应。这是她独有的对暴行和哀痛的回应形式，也许是对她曾爱过那个国家的永别。

“我只对艺术感兴趣，它能改变社会的意识形态……”在获金狮奖的颁奖典礼上，玛丽娜说。

弗朗西斯卡能够理解一些。她是德国人。很容易明白。她是德国人，没有什么能抹去自希特勒以来那些陈述的含义。弗朗西斯卡记得曾看过《奥普拉秀》访谈一个年轻作家。奥普拉问他是什么种族。那个年轻人回答："人族。"

玛丽娜对政客并不友善，也不会巴结亿万富豪。如果这些人闯入她的生活，她的兴趣只会源于她感到了彼此的联结。她从不强迫什么。如果她曾是亚马逊族的希波吕忒女神，或是北欧神话里的芙蕾雅女神，那么玛丽娜在此生压抑了自己的战斗本能。但并没有压抑欲望。她想要名声。她历经漫长而艰苦的努力，通过忍耐、痛苦、心碎和爱得到了它。几十年来，唯一让她坚持向前的，是她对自己的承诺：此生绝不默默无闻。

"你不是还有个安妮·博林理论吗？"迪特尔说着，给他们俩倒上灰雁酒，又加了新鲜的酸橙和一滴奎宁水。他终于挂了电话。一个难得的傍晚，他们两人可以坐在沙发上一起吃晚餐，看 DVD。

"哦，是呀，"弗朗西斯卡说，想起她曾猜测玛丽娜是亨利八世第二任王后的转世，"我都忘了。不过那说得通。"

"如果我前世是安妮·博林，我不确定自己还会不会怕死；我觉得我要担心的是爱。"迪特尔嚼着一块芹菜说，"我觉得我会担心它的代价……我看似温顺，却野性难驯①，想想托马斯·怀亚特吧。"

她接过他递来的玻璃杯，"敬我们的玛丽娜。"

他们都一饮而尽。

20 年来，弗朗西斯卡看着人们臣服于玛丽娜强势的力量。他们沉浸在她的光芒、她的轻松幽默、她的好客和魅力中。

"这将是她的杰作。你知道这一点。"迪特尔说。

"我就看着它在我们面前发生，"弗朗西斯卡表示同意，"而你是关键。你精简了过程，让她把一切变得更简单——这很有效。它

---

① 出自托马斯·怀亚特的诗《谁欲狩猎》(*Whoso list to hunt*)。译注。

极度简洁。原初计划里的楼梯、剧院,都不会如此有力。现在的表演非常完美。留下的只有能量。只是想到人们会被它吸引,或是坐下的人会被深刻影响,并不能让表演与众不同。”

“我已经请科尔姆为他坐下的感受写点东西。”

“好啊。”弗朗西斯卡说。

弗朗西斯卡喜欢作家。她喜欢资助他们。她喜欢资助任何有创造力的人。家里的一面墙被用来请大家签名,如今来他们家吃过饭的人已经要把墙签满了。

“安东尼·葛姆雷正在吸引大众的注意力。”迪特尔说。

“啊,是呀,”弗朗西斯卡说,“我也听广播节目里提到过。”

“怎么说?”

“哦,阿诺德在说葛姆雷利用空间的一些标志性作品,比如利用默西河和伦敦,然后希尔亚斯·布林提到了这场有趣的表演。她说历史上,艺术家的功能是利用颜色、含蕴和内容激发我们,吸引我们的视觉感官——可如今,这项功能足以由视频网站来完成。所以葛姆雷那些在城市上空俯瞰的雕塑,与阿布拉莫维奇在现代艺术博物馆的表演,可以视为艺术在未来将如何发展的两种新思路。或许艺术已演变为用来提醒我们思考的力量,哪怕是静止不动。”

2002年,当玛丽娜进行《海景房》表演时,迪特尔不确定他能否坚持下来。他们在墙上搭建了三间开放的屋子。三间房互相联通,每间都放有一座楼梯,但每级台阶上都布满锋利的刀尖,无法上下。12天里,玛丽娜要住在这三间开放的屋子里。其中一间有一张床,一间是洗浴间,第三间里有一套桌椅。12天里,玛丽娜没有食物,只能饮水,陪伴她的只有一个节拍器。

迪特尔每晚离开时,会把门锁住,他知道玛丽娜仍在里面。如果夜间起火，而他已锁门，她只能从那儿部刀锋楼梯跑出去。早上，当他和其他员工抵达，她已在里面开始例行的一天了。她别无他法。

她每天会洗三次澡。她每天会更换外衣和裤子，样式一样，颜色不同。有时她会唱起一首塞尔维亚歌曲，并尽可能与博物馆里的人们保持目光接触。建立一种有活力的对话。玛丽娜这么形容。

有些人每天都会来，在地板上坐好几个钟头。有人会给她一个苹果，放在平台上。它会一直留在那儿，直到工作人员拿走。当弗朗西斯卡去看《海景房》时，这座画廊感觉像一座教堂。而如今现代艺术博物馆的中庭里也是如此。

"她读评论吗？"她问迪特尔。

迪特尔摇摇头。"我告诉自己，如果我和她坐几分钟，那几分钟里她一定无欲无求。"他说。

弗朗西斯卡拉住他的手，"最后一天她会站起来，结束这一切。她会沉浸于所有的赞美，忘记自己付出的代价。她的内脏、肾脏、精神和饥饿的代价。当它圆满成功——一定会的——她会全部忘掉。你懂她的。接下来的夜晚她会像歌剧女主角那样，光辉炫目，容光焕发，然后一切都将过去。她会崩溃的。"

当弗朗西斯卡遇见迪特尔时，他正在经历一场撕心裂肺的分手。

"你挽救了我。"早些年里他喜欢这么对她说。拐走了他的心且从未归还。她知道他爱玛丽娜。他们俩都爱玛丽娜。他必须爱玛丽娜。但他的心是属于她的。

"你得记得，"弗朗西斯卡接着说，"确保房子已收拾好。东西要备足。让她能充分休息。到最后，这场表演一定会消耗掉她某些东西，她也无法修复。可如果这件事不是如此危险，如此艰难，她也绝不会选择做它。”

迪特尔的眼睛噙满泪水。他们坐在那儿，肩并肩在沙发上。他们已经结婚 34 年了。34 年，四个孩子，五个孙子，生活圈子从柏林到纽约。有时连他自己都搞不懂自己，她却清楚地了解他的一切，对她来说什么都不新奇，他们究竟是怎么做到这样的？

反过来也是如此，弗朗西斯卡想。也许那就是保持婚姻长久的办法。他们纵使老去，也永远不会迷失。他们有彼此提醒对方。

第二十三章

周四晚上，当莱文在餐馆看到女儿艾丽斯时，她正一边听着什么，一边读一本厚厚的带插图的医学教材。他探身在她脸颊吻了一下，接过她递来的一只耳机，塞进了左耳里。

“幻灭乐队，”艾丽斯说，“《坠落》。2003 年。晚上好。”

莱文点点头，听着一阵热烈的吉他和高亢的乐声。

“她们现在在做另一张专辑。”她补充说，慢慢合上书，眼睛似乎很难从书页上移开。

“你还在听什么？”

“嗯……《苦薄荷》。”她绿色的眼睛迎着他的目光，“所以你怎么样？”

“这段日子很不寻常。”

“这就是你想谈的吗？”

“不。我想见你。想看看你好不好。”

“我好不好？你认真的吗？”

“是的，我很认真。”

那一刻，艾丽斯想打他。他花了这么久来想她好不好。可是很难对他凶起来。那就如同踢一只小狗，她讨厌那么做，而她爸爸就是那副样子。他的眼下有黑眼圈。他看起来更瘦了。她并不觉得抱歉。

她说："我今天切割了一具死尸。嗯，不是全部。一部分。大腿，股大肌。髋关节附近的一小块肌肉。"

他看着她白皙漂亮的手指，想象它们拨开神经和动脉，她用医生的目光观察着那块承重关节简单的复杂性。

"我觉得那很正常，"她接着说，"第一次处理死尸时感觉有点精神错乱。他们是这么跟我们说的，我肯定他们也这么观察我们。我觉得如果你乐在其中，他们反而会担心。"

"我猜他们不想让具有反社会潜质的人拥有医学学位。"莱文说，想到了电视剧《嗜血法医》，以及反社会者，甚至连环杀手，这些怎么就成了奥斯卡获奖电影和电视黄金时段节目的主题。

"我确定有些人真有。"艾丽斯说。很难说她的哪个同学会成为反社会者，或杀人犯。但有几个肯定会成为瘾君子。有些可能已经是了。这毕竟是概率的问题。所有的医学都建基于此。有多少人免疫，才能保证全民健康。又有多少人会死于癌症，多少人会死于心脏病发。多少人会生下具有出生缺陷的孩子。多少人会染上迟发型糖尿病。

艾丽斯穿着一条红色花裙子，白色羊毛衫上绣着蓝色和绿色的蝴蝶。她爱穿老式的女装和怪异的款式。莱文看到她总会想起比约克。但比约克脸上有一种内在的野性。艾丽斯则有着英格丽·褒曼般阳光的面容，一双大眼睛，笑容灿烂，肤如凝脂，面色红润。她十几岁的时候，他曾担心有一天她会发现自己不是那种骨瘦如柴的姑娘，穿得下流行的瘦裤子。他担心她会得厌食症或贪食症或抑郁症。但艾丽斯并未如此。她发现了复古服装，颇具个人风格地搭配它们，无论去哪儿都能交到朋友。她大概和男孩子谈了六次恋爱又逐一分手，每次都让他掌心出汗。可没有任何事、任何人曾令她的善良失色，蓝眼睛里的光芒黯淡——可能除了她自己。这让他不安。

他听从莉迪娅的愿望时，没有考虑艾丽斯。他甚至没想过需要考虑她。她有自己的生活，她自己的公寓。或许他想错了，他曾以为，他作为父亲的工作已经完成了。他知道他曾试着当个好父亲。

艾丽斯出生后，他们认定，如果莉迪娅再次生育将面临巨大风险。所以艾丽斯一个就够了。莱文感到很轻松。婴儿能发出的噪音之大令人震惊。他的生活整个被颠覆了。艾丽斯的名字来自莉迪娅的母亲，还在她婴儿时期，就已成为吸引莉迪娅注意力的核心节目。艾丽斯 5 岁时，就有了围绕她的日程表。艾丽斯十几岁时成了素食主义者，而他也突然开始吃豆腐。艾丽斯决定了莉迪娅的生活。决定了她多晚睡觉，有多少衣服需要洗，他们要看什么电影，度假要去哪儿。艾丽斯大学毕业后，先是在建筑界瞎混，在莉迪娅的公司里待了几年，然后去了法国。之后她申请了纽约大学医学院并被录取。如今她在这儿，莱文不知道自己怎么就这么老了，而女儿怎么就成了这个姑娘。

艾丽斯点了鸭肉馅饺子（随着她进入哥特风格期，素食主义也放弃了），莱文点了烤猪排。红酒和随后的菜依次上桌，她像是礼节性地问："那么，你最近在做什么？"

他对她说了现代艺术博物馆里的表演。

"哦，玛丽娜·阿布拉莫维奇。"艾丽斯说，"我真想去看。不错吗？她什么样？"

“一动不动。”

“你去楼上看裸体展了吗？”

“没有，还没去看。”

“新闻里都在说！”她大笑起来，“她要在那儿坐多久？”

“直到 5 月底。”他说。

“哇哦。真的？你去坐了吗？”

“哦不。没有。”

“为什么不？”

“嗯，首先，有一条长队。一大早就有至少 20 个人等着坐到她对面，之后队伍只会越来越长。有些人会坐上几个钟头，剩下的人只好就那么等着……”

“而她从不起身？她就坐在那儿？”

他点点头。

“其他人干什么呢？”

“我们看着她。这很怪。”他耸耸肩。

沉默了一阵，他想了想说：“那么，医学界如何？”

“庞大。我的脑子一直在吸取所有信息，然后试着组织起来。不过实操很棒。实际在一具真实身体上操作，看着所有那些不可思议的结构，肌肉和韧带、骨头和血管，那种感觉很奇妙。”

“你操作的尸体还有名字吗？叫约翰或南希什么的？”

“不，他们用编号。”

“你会一直用同一具——身体吗？”他问。

“是的，不过是公用的。大概两个人共用一具。到了三年级，学生们就会破坏面孔，研究头部。一开始我们用的那具没有多少肌肉了，所以我们换了一具。他们中的大多数死时已经很老了，剩余的肌肉不多。”

“是自然环境原因吗？”他带着点微笑问。

“我觉得他们都死得其所。”她说，微微皱起眉头。显然这不是适合开玩笑的事情。

“人有可能一整天不小便吗？”他问。

“除非你不喝水，”她说，“不过我觉得很难。你是指玛丽娜·阿布拉莫维奇，对吧？我们在学校讨论过。我认为她会脱水。除非她整晚喝水，可那么做白天不可能一直清醒。我们都打赌她有导尿管。她之前做过类似的事吗？”

“我对她不太了解。”他说，“你想找一天一起去吗？”

“再看看楼上的裸体？”她笑起来。

“如果我必须看的话。”

“我会考虑的。我太忙了。”

“好的。”他说。

“那天我看见希尔亚斯了，”艾丽斯对他说，一边刮着盘底剩余的巧克力蛋糕和冰淇淋，“你见过她没？你们夏天还要做俱乐部演出吗？”

“不，我还没见过他们任何人，自从……”莱文停住了，“可能太晚了。”

“你应该继续。那演出非常好。”

“你会来和我们一起表演吗？”

“呃……”她看向别处。

“那是妈妈想要的，艾丽斯，”他说，“作为医疗受权者，你比任何人都清楚。”

“是啊，”她说，又看回他，“可是她想要什么我们又知道多少呢?”

“嗯,她写下来了——她让它有法律效力。”

“那是她还健康的时候。在她已无法改变主意之前。”

“你认为她会想改变主意?”

“我不知道。”艾丽斯说,眼中满是泪水。

“你想让我做什么?”他问,喝掉了杯里的黑咖啡。

艾丽斯说:“我只是感觉她孤单一个人在外面,而我不能每周末都去看她。”

房间那头有个婴儿开始哭闹。噪音灌满了莱文的耳朵,简直是酷刑。

“我们走吧?”他问。

人行道上,她吻了他的脸颊后说:“你知道,爸爸,我并不喜欢这一切。我只是相信全都会好起来的。”

“好的。”他说。

“那么,谢谢你的晚餐。”

她走了,而他想哭。这一切他也不喜欢,而他并不相信会好。他想让一切都像过去那样。他想让莉迪娅回家,看他怎样收纳所有东西。他想让她在早上用毛巾揉干头发。他想让她的声音在电话那头聊聊晚上吃什么。要是《河》的配乐能为他挣得名声……要是他的专辑能够火起来……他需要一些信号。可是没有流星,或上帝,他无从许愿,无处求援。

第二十四章

第二天上午，他早早地与东京的电影导演矶田诚治通了网络电话。然后他又仔细地将三个枕头摆在椅子上，红的、红的和红的，还有一个圆形的白枕头，以及作为阿布拉莫维奇头发的黑色长羊绒围巾。

“早上好。”他说。我在害怕一只枕头，他想。可是他为什么会害怕？他一直在害怕吗？是的，他吃惊地发现这是事实。我总是害怕。他想赶紧把这个念头抛诸脑后。

他不是成人。他知道这一点。他已经中年了，却不太寻常。那种一切都很妥帖的感觉该从何而来？你 50 岁了，就一定事事都能做好？

说到底，他是谁？别人看他的时候，看见的又是什么人？人们说他有双好看的眼睛。玛丽娜会认为他有好看的眼睛吗？他不算太高，也不算太帅。莉迪娅经常提醒他要微笑。“你知道，你哪怕睡着了也会皱眉。”她说，“而我会耳语说我爱你，有时你的眉头就展开了。”

她总是很笃定。哪怕世界崩溃了，她也一定在。这也是她病倒时,他会生气的原因之一。他不喜欢任何的变动,他会感到自己的渺小。渺小又孤独。而如今每个人都知道了。他们知道他一定有什么地方辜负了莉迪娅。当生活遇到苦难,在她本应像其他夫妻那样需要他的时候,她却将他晾在一旁。

他继续盯着枕头脸看,想象着玛丽娜·阿布拉莫维奇黑色的眼睛回看着他。今天他在椅子里感觉更自在一些。一束阳光穿过地板,照亮了这张丹麦餐桌的边缘。他喜欢美好的东西。他喜欢他们买的这些总是很有风格的东西。

多数情况下莉迪娅都是对的。他不喜欢人类。一点也不。他连产生人类这个念头都不喜欢。他不想知道那些快要饿死、运气好才有一根玉米度日的人。他不关心那些被气候变化吞噬的人。他不关心自己生活产生的外卖塑料盒,它们跟在他身后长长一串,迄今加起来的长度可能要从这里直到月球。他甚至不喜欢住在这个星球上。这里看起来很复杂,充斥着暴力。

他不太喜欢长大。他爱他的母亲,但并不喜欢她。她总在沉思。她的白天寂静无声。那些白天,她不允许他跟自己说话,也不会跟他说话。他们默默地吃饭、默默地洗漱、默默地上床睡觉。钢琴声是房子里唯一允许打破寂静的声音。因为,母亲向莱文保证,他将注定伟大。她确定冥冥间自有安排,那安排将令万事俱备。她当时靠做晚间护工供他上学,周末又去养老机构工作,以后就不必再做了,因为他终将功成名就。

他几乎记不得父亲。他记得那晚母亲来到他的房间。他四岁了。他记得从走廊传来的灯光,母亲压住他身下床单的重量,以及黑暗中她的耳语:“你的父亲死了。阿基。他死了。”

也许她还说了更多的话。他不记得了。他只记得最后她离开了房间，而他躺在黑暗里。他不确定自己能不能继续呼吸。或者父亲死了，他还能否被允许呼吸。他有个模糊的记忆，父亲拉着他的手走下一段楼梯。不过也可能是他幻想出来的。

母亲的死恰能巩固他的想法。坏事情会在任何时候发生。努力做人几乎是无法实现的。他爱莉迪娅有什么意义呢？他曾试着做一个好丈夫和好父亲有什么意义呢？

他曾写过一些不错的电影配乐。他的音乐曾愉悦过一些人。除此之外，他的一生如何过有什么要紧呢？知道该买哪种灯泡已经很难了。还有如何升级软件。如何看懂棒球比赛。如何挑选一部新手机。这份清单无穷无尽。如果这些小事都毫无意义，对于婚姻这样的大事又有什么好期待的呢？

他已经尽力了。但显然还不够。他感到极度悲伤。他觉得自己似乎错过了非常重要的东西。莉迪娅曾劝他接受治疗。“你能想象你的焦虑都化解了会是什么样吗？”她说，“看看你身上会发生什么。它肯定会有帮助。”

可他并不想向陌生人寻求帮助。他不想象个标准的纽约人一样，在周末来临前的每周四接受治疗，然后把每件事都搞砸。

枕头——玛丽娜看着他。她没有说话。可她就在那儿。那似乎很重要。哪怕是个枕头的模样，知道她在那儿感觉也很好。他做了个深呼吸，闭上眼睛，低下头去，就像他在博物馆里看那些人做的一样。

他从桌边站起来，发现自己已坐了差不多半个小时，他有些吃惊，因为感觉上并没有这么久。他做了杯咖啡。他回想着与艾丽斯的晚餐，决定还要继续推进。他不知道该如何帮忙。他总是不知该如何帮忙。这是他的重大缺陷。他的父亲死了，而他不知该如何帮忙。他的母亲死了，那晚要不是她一定要出门，她本来不会死的。她喜欢晚上开车兜风。可他猜想，她开车出去是因为她想一个人待着。一定是他很难与人相处。这种猜想无从助益。那是很久之前的事情了。除了音乐，他什么都不会处理。

他坐在工作室里，手里拿着咖啡，又听起自己为《河》找到的旋律。那首旋律将贯穿整部电影。背景音乐将凸显这个白雪覆盖世界里的爱与失。他想到，我是在为这个冬天作曲。这个失去一切的冬天。

矶田对他寄去的两种备选音乐主题都很喜欢。新场景的完成将决定他们最终选择哪首旋律。也许还要更久才能确定。他们曾讨论过他下月去东京矶田工作室的可能性。新场景里有超过 40 分钟的镜头，但并非连续的场景。很难精确地把握故事的情绪走向。如果他能亲眼来看工作进展——看看草图形式，看看矶田所看到的东西——那么他就能确保音乐与画面完美合拍。而如果确定要作配乐，就需要一支管弦乐队待命，还要预定一间工作室。他需要主唱和伴奏乐手。

他开始考虑请哪支管弦乐队，以及在纽约或可能是芝加哥录音的利弊。甚至可能在东京。这是他喜爱的状态，一切都在稳步向前，成果呼之欲出。

莉迪娅的建筑事业也是如此，他曾站在她设计的建筑前，满怀崇敬。地板会奏乐，天花板会下雨，房间由活的鱼群、蝴蝶和蟋蟀相隔。全息影像投在夜空里，一座人行桥如履带般滚动，丝线状的光束构成了一面时刻变化的彩虹天花板，走廊里回荡着欢笑声。她的建筑里，没有室内与室外的区分。私人房间里，她在前门里设计了日本枫树，瀑布从屋顶倾泻而下，香气扑鼻的壁式室内花园和流水贯穿浴室。

35 岁左右，她很受欢迎，每年可以自己选择一两个商业项目和一两栋房子的工作量。艾丽斯放学时，她希望自己也在家里。她的日程排到了两年后。约她去拜访或洽谈的邀请函堆了一桌子。奖杯和提名塞满了书架。有些日子里莱文感觉她触不可及。她似乎属于其他人。她从上海或马德里飞回来时，能看得到他吗？她吻了他、拥抱他，进了浴室，换好衣服，询问他过得如何，艾丽斯过得如何，与此同时一直看着钟，根据他回答的长短估量着他们从 51 街去下城区听爱乐乐团，路上交通要耗费多久，或者就在为第二天的事情做着准备。

只有他们做爱时，他才感到自己真正拥有她。如果她夜里醒了，会凑近了蜷缩在他身边，那时他感到自己是世上最幸运的男人。而等他第二天醒来时，她已坐到了书桌前。她裹在淡蓝色的兜帽睡衣里，像个正在祈祷的修女。

华盛顿广场一直是她的梦想。他并不知道为什么她喜欢住在华盛顿广场。她就是喜欢。当然建筑也要合适，结构要好。所以他们将自己抛入一场纽约房产奥运会。过去五年里，每看中一个合作公寓他们就要提交他的工作简历、她的工作简历、他们的财产证明，还有一切能证明自己的文件：推荐信、某某资质和某某会员。他们的个人信息就那么供陌生人评估、比较并通过评定。

“肉库区有一些河边的新公寓，”安娜斯塔西娅，那位俄罗斯房产经纪建议说，“房间非常大。有哈德逊河的出色视野。靠近高线公园。而且房价也在你们的预算内。”

“莉迪娅想住华盛顿广场。”莱文说。

“好吧，”安娜斯塔西娅说，拿起了红色皮质文件夹，“有些不错的房子恰好在出售,价格降了不少,很划算。”

他们错过了几次机会。接着这间公寓出现了。

> 一个雅致得体(约 3382 平方英尺①)的家。市场罕见的超大室内空间和开阔奢侈的室外景观……平行和人字纹硬木地板……东南向带洗浴套间主卧,阳光充足……大理石、花岗岩……连通阳台的超大私人书房,两间附加卧室……储藏室……面向华盛顿广场的悦目视野。

莉迪娅觉得阳台和朝南的光线大有文章可作。他们讨论过未来某时对它再作改造。她不停往返城区,拿了无数份文件让他填写和签名。然后他们接到电话。房子是他们的了。

秋天渐渐远去,冬季覆盖了城市,莉迪娅一直在忙着画图。她一整年都往返于伦敦,忙于一个儿童的交互装置,这是她在开罗的那间雨屋投用后获得的工作。由于没有哪个英国小孩需要了解雨的丰富性,它被设计成一座水平和纵向兼具花朵和水果的花园,里面还有一间巨大的蜂房。她将其取名为花粉工程。这是为迎接 2012 年伦敦奥运会的一个设计。

在项目的最后阶段,他在她面前往往是个透明人,似乎她已整个投身其中。圣诞节前十天,她飞去伦敦做最后的洽谈。搬新公寓日子的两天前,她从伦敦打电话说自己还要再待一天。她非常抱歉。与农业部的沟通又出现了新问题。

“我们得取消搬家。”他说。

---

① 约 314 平方米。编注。

“不要,不,”她坚持说,“不可以。全都安排了。每件事都提前约好了。重新预约要花上好几周。每件事都井井有条的。他们会来打包再拆包。我全都跟他们交代好了。我跟他们说过当晚之前要全部做完。你只需要在上城区给他们开门,再去下城区迎接他们,好吗?甚至连一只杯子都不用你动手。不过要是你想自己安排工作室,你只要告诉他们你的想法就可以。”

他想自己安排工作室。他如此对她说。

“他们要是把东西放错了地方,我们等到新年再整理,”她说,“我们可以一起做。重要的是把所有东西都搬过去。我太期待空出两周时间,只是好好享受我们的新家。到时候我连邮件都不看。”

搬家工人在他们的旧公寓里待了两天,他只在工作室里打包了唱片和设备。当他完成,才发现自己就要离开这个住了20年的家,而陌生人还在每间屋里吵嚷忙碌,这一切令他难以忍受。于是他去阿冈昆酒店开了个房间,喝着一瓶上好的法国红酒,看起电影《无耻混蛋》。

他本以为雇拆包工人是项没有必要的花销,直到他看到那些运至华盛顿广场的纸箱数量,才终于释然。他先整理起标着阿基工作室的纸箱。然后拿了一把斯坦利小刀,切开打包带,边解绳子边考虑自己要怎么摆放它们。他不停地听到有盘子被重重地堆起来,或酒杯被毫不客气地摆弄着。他想象自己会发现一件之前找不到的心爱夹克,或是一箱碟片。然而这样的事似乎并没有发生。

他去检查工人的活计,发现衣柜简直像一家贝纳通①商店。每件衣服都按颜色整理并叠好。床上是他熟悉的亚麻床品,浴室里有

---

① 贝纳通(Benetton Group)是一个意大利的全球时尚品牌,主营服饰与化妆品。编注。

莉迪娅喜欢的沐浴液。他还不熟悉这里的气味、厕所马桶上水的动静、电灯开关的啪嗒声，他的鞋踩在镶花木地板上或卧室门在他身后关上的声音。不过如今这里装着他们的未来，他们的艺术。

他白天一直在琢磨如何精准摆放那些苹果电脑和扬声器，并重新连接电线和插头。到了下午3点左右，他已经把科兹威尔键盘装在了与主电脑的最佳连接位置，椅子与门的角度也最为合适。他甚至还放好了几张照片。他的音乐藏品仍在箱子里，不过他觉得后面几周再收拾也行。工人们问他建议如何摆放书籍，他便把莉迪娅的体系解释给他们听。房子里的每本书都在书脊上做了标注——A是建筑类，H是历史类，M是音乐类，N是小说类，P是诗歌类。在主题和类型的基础上再按字母顺序摆放。她会这么做的。如果他们能把书以字母为序陈列……

拆包工人在5点45分离开后，起居室里只剩下三个箱子。上面都写着*珍贵—易碎—莉迪娅私人—不要拆包*，是莉迪娅锐利方正的字体。他一直喜欢她的笔迹，其中颇有建筑感。

外面的露天平台上，雪花在黑夜中飘落。整座城市隐没了。旁边的楼与那些修饰广场的树木一齐消失不见。川流不息的交通显得缓慢而遥远。冰箱里有凯歌香槟，玻璃杯在吧台上等着他，旁边还有一碗新鲜的草莓。他竟有些可笑地为下雪高兴，似乎它象征了他们未来的好兆头。他正试着调电视节目时，她来电话了。

“嗨，亲爱的，”她说，“我过了非常艰难的24小时。我得直接去医院。看看他们能不能帮助我。”

她始终不曾看到，他为他们的家所做的一切。

第二十五章

星期天上午 9 点 15 分,电话响了。前一天他把电话开了机,决定看看会出现什么。哈尔出现了。

“只是确定一下你是不是还活着,阿基,”他说,“你还记得吗?”

莱文飞快地思考着。他错过什么会议了吗?还是忘了矶田或他的团队想要的什么东西?

“网球?”哈尔用他一贯的讽刺口气提示说。

网球!莱文大笑,放松下来。“哦,是啊。当然啦。我 20 分钟就准备好。”

“所以你就是忘了,”哈尔说,“好啦,街角见。”

他们一路听艾拉·费兹杰拉唱着格什温的《歌曲集》跨过格林斯堡大桥。他们开着敞篷,天气很好。

“那么,你有什么新闻?”哈尔说。

“我有点进展,”莱文说,“正在推进。”

“我有个新工作你会有兴趣。是一部新电视剧。类似中世纪科幻小说的题材,有点像亨利八世与《暮光之城》的结合。”

“预计什么时候完期?”

“我可以把它推迟到6月底。”

“哈尔……”

“我知道。你想专注在《河》上。但有时候来点多样化工作反而有帮助。我一直在跟你说,它可以补充工作间隔里的昂贵开销。要是我只有你这么一个客户,我早就回堪萨斯了。嗨,对了,有好几个人最近问起你。你上脸书或什么了吗?”

“没有。”莱文说。

“好吧,怪事时有发生。你知道奥巴马最近给我们权利为爱人做医疗决定了吗?我们如今可以在伴侣临死时陪在床边了。”

“哦,那很好。”

“好!”哈尔说,“那太可怕了。我们给他投票,而这就是他的最好表现?他把上议院都拿下了。我还在等着他干点有意义的事呢。比如从伊拉克撤军。”

哈尔有一张方脸和一副日渐方阔的身材。他戴着硕大的黄框眼镜,他的脸如今皱纹满面,自2001年以来越发严重。“9·11”事件发生时,他就在腹地,埋在灰烬里。他当时在一个街区以外,去参加43层举行的会议途中。他曾对莱文说:“只差一个跨步,我就死在坍塌里了,就差五分钟。后来我想到身上的灰尘。那是人。可能还是我认识的人。”

哈尔继续说着最高法院的一个新判决,关于财政改革的。为了强调某个观点,他不时手舞足蹈地脱离方向盘。莉迪娅总说哈尔从政一定会是把好手,一个出色的政客,还有同性恋不能参政多让她失望。哈尔从不掩饰。他从不会掩藏克雷格的存在,去找个金发碧眼的新婚太太,看着自己进入政界。哈尔和克雷格在一起有27年了,比莱文认识的任何一对情侣都久。可是美国还没有准备好接受一个同性恋政治家,更别提同性恋总统。无神论者也一样。哈尔和莉迪娅喜欢谈论政治。莱文只会倒上一杯红酒打开一场球赛。

憧憬满满的早餐,令人恐惧的晚餐。这是汤姆早期一部电影海报上的文字。从他出事后,一切都感觉越发糟糕了。

“那么,想告诉我进展究竟如何吗?”哈尔说。

“嗯,诚治说制作时间出了问题。他们把他的插画家调去做其他优先的项目了。我想他以为自己坐着,无人察觉地就能把事情干完,然后休息呢。有时我一天能收到三副场景图,有时一周也没有一张。然后就来了修改稿。”

“有什么我能听的版本了吗?你用上日本木笛没?”

“那叫尺八。”

“对!好极了!”

“不。没用尺八。”莱文笑起来,“目前大部分是钢琴,还有小提琴和一点点打击乐器。有时我觉得自己找到了正确的感觉,可是当我看到最新的场景,就发现那曲调又尴尬又陈旧。感觉好像每个人都听过一样。”

“现在不是丧失信心的时候,阿基。”

“你听过安妮·蓝妮克丝唱的《直达西方》——你知道的,《指环王》的主题曲吗?完美。其实,任何类似《指环王》的东西现在对我而言都合适。霍华德·肖写得真棒。鲁多维科·艾奥迪的《夜之书?》也一样好。马利安那利为《赎罪》做的配乐又如何?”

“我该焦虑起来吗?”哈尔问,“你知道,阿基,你不喜欢我这么说,可是现在想想你曾为莉迪娅写的那些曲子,那就是你的水平。”

“噢。”莱文感到有点呼吸困难。

“想想看吧。”

“哈尔……”

“我们爱你们两个。我不想让你有一天醒来,意识到自己让生命里最宝贵的东西离开了,阿基。”

身下的汽车开始奇异地变小,莱文感觉他似乎要窒息了。而哈尔仍在喋喋不休:“我知道你们。你们彼此相爱。我知道她是世上最独立的人,她假装自己什么也不需要,可她需要你,阿基。我走进医院,看见你把头枕在她的腿上睡着了。她就坐在那儿,看上去累极了,却轻轻拍着你的头。不该是这样的。”

“可医院总让我疲惫。”

“可你并不是那个需要照顾的人。不,那样不对,你已经足够成熟了,应该要照顾别人了。”

莱文无话可说。

“我只是为你俩分开感到难过……看看你——你看上去糟透了。我不介意这么说。你看起来都脱相了。”

“我挺好,真的。我……她需要在那儿。”

“不错,但不该只有她一个人。你不该一次都不去看她。别跟我提法律。上帝啊,要是有一件事值得挑战法律文书……我知道你想说是她希望你这么做的;她想让你做音乐。可那就够了吗?”

音乐。面对圣诞节前与近几个月生活的巨大裂隙,这个词突然听起来显得脆弱无比。

他一直清楚地知道,音乐就像电路一样流经他身体每个角落。每当乐感来袭,世界就变得肃穆、清亮而静谧。那正是他爱纽约的原因。人行道、街灯、地铁,一切都像是动力十足的电路。不是什么人都能在这里飞黄腾达,但人人都有机会,所以他也一直在努力,似乎这座城市,有时只有这座城市,相信他的才华。为此一切都值得。

布鲁克林大桥还能在哪里建起来？还有帝国大厦？这是幻境成真的手笔。

玛丽娜每天如故。成千上万的人经由她的目光审视自己的生活，感受她内心的梦想。他一定要去看她的眼睛。他感到一股冰激般的电流涌上肩膀。他必须去。

哈尔停了一下，说："那么，除了确认自己是个糟糕的作曲家，最近你还做什么了？"

"我去现代艺术博物馆了。阿布拉莫维奇那个表演。"

"哦，当然，"哈尔说，"你去坐了吗？"

"没有。"

"克雷格和我也去了。非常奇妙。队伍太长了，所以我们上楼转悠了好久。我回家时都要累死了。生活啊！我简直瘫在沙发上动不了，直到克雷格带来一瓶贝里尼酒。我真是满怀敬畏。我是说，她像幅油画，不是吗？也像缪斯或神使。我想吃阿布拉莫维奇牌的维生素。我太喜欢她做每件事情时的那种热情了。"

"对了，"他继续说，"我们在水准酒吧待了一晚上。你知道——有热水浴的那家。他们在自动售货机里卖浴袍！当然，过了半夜也没人在乎这个了。我觉得那儿一个真正的纽约人也没有。到处都是20岁左右疯疯癫癫的德国人，穿着迷你裙的姑娘和奇形怪状的男孩。太有意思了。我觉得我们这儿要成为新的硅谷了。每个新软件的开发者都有个地理的焦点定位。简直低劣到了头。早餐时他们问我想不想吃葡萄柚布蕾。我是说，真的吗？"

在网球中心的一个户外场地，他们打了三场球。莱文分别以4比6、5比7、3比6败北。他讨厌输。他还得时刻担心着自己有没有失态。

“我觉得以后可以回去打壁球。”当他们回曼哈顿吃午餐时，他对哈尔说。

“你知道在咱们这个年纪，打壁球时心脏病发猝死的人比其他运动要多吗？”哈尔问。

“那就算了吧……我又开始练普拉提了。”

“我不在乎输赢，”哈尔说，“别误会我。”

他指了指前方的天际线。“我一直不喜欢那乐高积木天空，克雷格侄子这么叫它。他爱死那些水塔了，对我们说它们都是锡人，白天睡觉，晚上就会起来走动。如果我们把水排空，好好整顿一下，它们可以建成无数间小工作室。我们得修改防火条例，当然了，不过……或许那样纽约的艺术家们就重新活跃起来了。其实，应该留着那些水塔，在塔顶上安些房车什么的。给他们住房补贴，只给那些有创造力的人。就像某种专项拨款。那些创意者一直是这座城市的生命之源，要是他们都住不起房子了，纽约未来20年会变成什么样？这里会遍地是金钱。谁想要那样？”

“你想搬去其他地方住？”

“开什么玩笑！”

吃完意式辣番茄斜管面后，哈尔说：“你真打算待在那个新公寓里？肯定特别孤单吧。”

莱文做了个苦相。

“也许你可以去趟东京，见见矶田团队的人，”哈尔提议说，“没准能让工作进展得快些。”

“也许下个月吧。”

“嗯,好吧。我期待你圆满成功。”

捎莱文回华盛顿广场的路上,哈尔问他:“你有没有想过,要是你不爱音乐,这辈子会是什么样?”

“没,我没想过,”莱文说,“从来没有那种想法。”

“你知道,那是天赋。你从未怀疑过。而我,我一直是个经纪人,离我拿驾照那年可是越来越久了。就像电影《安妮·霍尔》的结尾,那个演伍迪·艾伦弟弟的人,认为自己是只鸡。精神科大夫问伍迪·艾伦,为啥不把弟弟锁起来。伍迪回答:‘我需要鸡蛋呀。’那就是我。我做这些,因为我需要鸡蛋。”

“你是想辞职吗,哈尔?”莱文问,他的手搭在门把手上。

“不,阿基。我想跟你说的是,你不需要鸡蛋。你有真正的选择。也许是时候做选择了。”

第二十六章

希尔亚斯·布林在阿布拉莫维奇的回顾展中漫步——在影像设备、大型相片、安放纪念品的玻璃箱中穿行。现在是上午9点，她独自一人。她的苹果手机上插着一台森海塞尔牌麦克风。她在为周四的节目做提前录音。耳机里播放着麦克风采到的声音。她悄然无声地迈着步子，鞋已经脱下来塞进她的橘色手提袋里，一并丢在墙角了。

她抿了一小口水，放松了肩膀，开始她的介绍，为她的听众回溯近年来有记录曾重演玛丽娜·阿布拉莫维奇作品的那些艺术家，观众是如何看待的。其中一位艺术家在重演作品《无量之物》时，裸体站在门廊里，却被几个男子抚摸了乳房。

“《无量之物》，”希尔亚斯对着麦克风说，“是阿布拉莫维奇和她的伴侣乌雷在德国的第一场表演。它意在提醒人们，艺术家是通向艺术馆的门廊。当时玛丽娜和乌雷，双双裸体，彼此贴近地相对而立，人们要进入艺术馆必须从他们中间挤过去。但在现代艺术博物馆、33年后的那场表演中，很令人争议的一点是，裸体的表演者给予了观众另一个入口。两个裸体者站得也很远，足够让观众侧身溜进去，而不必有任何皮肤接触。即便如此，也只有大概40%的观众选择从裸体者中间进入。其他人则选择走房间尽头的普通入口。所以原创者所构建的艺术家与艺术馆之间的关系就丧失了。而在纽约，裸体依然被视为耸人听闻的事情，因此登上了主要报纸的首页。"

"男表演者们，"她继续说，"也遭受了未曾预料的示好，被观众抚摸、揉捏生殖器。其中一个男表演者好像被换掉了，因为他显然勃起了。"

每个人都有其独特的接受与反抗形式，希尔亚斯想到。她这辈子一直听着人们向她吐露真言。告诉她真实人性里的东西。哪怕她还是孩子时也发生过。或许那时他们就发现，自己无论说什么，她都不会吃惊。

她停在一部黑白影片旁，片中阿布拉莫维奇躺在地上，头朝着摄像头。

"泡沫、鳞片、鱼、单调、单调的。"阿布拉莫维奇说，语速平缓而从容。她看起来非常年轻，瞳仁乌黑。阿布拉莫维奇说的是塞尔维亚语，字幕用英文译出："燃烧弹、眼睛、睫毛、眼神聚焦、瞳孔……"

这项任务是阿布拉莫维奇要说出脑中萌生的所有词汇，不能重复、不能停顿。如果她重复了一个词或再也想不出更多的词，表演结束。希尔亚斯被这些前后连缀的词迷住了："钥匙、墙、墙角、果酱、小刀、把手、面包、莫萨卡①、苹果蛋糕、调料、威士忌、湿度、刺绣……

"孩子、名字、牛奶、青春、私语、酸奶、合法毒品、永不、旅行、青

---

① 一种希腊菜。译注。

春期、误解、分歧、政治、职位、争夺权力、德国、澳大利亚、恐慌、野餐、手枪、坦克、机关枪……中校、士兵、二等兵、职业军人、月经、手淫、蜂蜜……”

希尔亚斯觉得如果她有足够的时间，就能观察出单词间的联系，从而绘出阿布拉莫维奇的思维图像。是语言让人们彼此疏远。历经数年的采访，她知道，唯一安全的是沉默。塞尔吉奥，她在巴黎的一个旧邻居，向她承认自己总是怀着仇恨。他是个著名的学者，却发现自己身边无人智力相匹、兴趣相投。尤其是他的妻子和女儿们。萨拉，来自加利福尼亚的一个朋友，喜欢在视频网站上寻找出生缺陷和虐待的视频。在塞内加尔有超过三十种取乐的方式。伊薇特给丈夫烧他不爱吃的蔬菜，要是他不吃，她就会发火。他得了肠癌，奄奄一息，只能躺在床上。确诊前两周，她在他汽车仪表盘旁的小抽屉里，发现了一个小红本，里面记着他与人偷情的信息，名字、次数和日期，但她没有告诉他。

梅雷迪斯的丈夫巴尼，在她去世后到安提瓜岛旅行，将她的保险金挥霍一空。临回家时，他纵情声色，刚在东116街见了一个姑娘，又去市区跟另一个私混。玛格丽特偷书。她专门定制了几件外套。她说离开时要是偷了本精装书会超有快感。约翰偷偷对他的父亲说，在临终关怀中心，“没有人爱过你”，他父亲点点头说，“我知道”。

希尔亚斯知道罪恶总会腐蚀人心。

她想起阿布拉莫维奇对《温床》的重演——维托·阿肯锡的一个作品——2005年在古根海姆博物馆。希尔亚斯曾坐在上层楼梯上，阿布拉莫维奇在地板下面看不见的地方手淫，但并非悄无声音。楼下的一个麦克风捕捉着过程。平台上，人们躲闪着彼此的眼神。

情侣们和朋友们吃吃地笑。一个脸朝下趴在地板上的男人开始弓起身子,楼下的阿布拉莫维奇在喃喃自语,她的声音带着塞尔维亚口音,“你是谁? ……我能进来吗? ……我得知道你在那儿。你和我在一起吗? ……你是我的幻觉吗?”

希尔亚斯常常想在《艺术评论》里播放那段录音,看看人们会是什么反应。它是艺术而非色情作品,只因为它在古根海姆表演吗? 1972 年,阿肯锡表演那段长长的夏日之爱时,已经是冬天了。他在两周多时间里表演了四场,每次都持续六个小时。他的那活儿肯定会有伤。

希尔亚斯继续在回顾展里走着,录下她的观察。一部影片中,阿布拉莫维奇和乌雷在一个地下停车场,裸体向对方跑去。他们互相撞击然后折返到各自的混凝土柱旁,似乎他们绑着一条长皮筋。然后他们继续跑向对方,再次撞击。一群观众看着他们不停碰撞,肉体与肉体间互相冲击。

有一部影片是他们互相向对方嘴里呼气,互锁双唇,直到其中一个人因缺氧晕厥过去。另一部影片里,他们面对面跪着,然后乌雷扇了玛丽娜一耳光。玛丽娜扇了乌雷。手对着脸,手对着脸,扇,扇,扇,耳光越来越重,痛击的声音越来越响。两人都有点眩晕。到最后,乌雷重重地扇了一耳光,玛丽娜的头随之摇晃起来。她也用自己的耳光回击了他的脸,同样的力度。他们两个都弯下脑袋,无法继续。

还有一部影片,他们互相大喊,直冲着对方的脸咆哮,直到他们声嘶力竭。

艺术家比大多数人更直率,希尔亚斯想。在一个医生和科学家组成的团队帮助下,行为表演艺术家斯迪拉克在自己的左胳膊上种植了一只耳朵。同时植入了一个麦克风,这样人们就能听到斯迪拉克说的话,耳朵也成了一个远程监听器,任何关心斯迪拉克生活的人,都可以听得到。

大多数人,希尔亚斯知道,并不想自省其身,更别提放大内心世界,让别人去探看、聆听甚至批评了。也许这就是《艺术家在场》的核心魅力。"过来展示你自己。"而坐下来的人将发现那有多困难、多纠结、多奇怪。

回顾展的后面,希尔亚斯在地上坐下来,看着阿布拉莫维奇和乌雷徒步穿越中国长城的纪录片《情人》。红衣蓝衣一对人,跋涉几千里,向对方告别。

阿布拉莫维奇为这次步行筹划了八年。他们各自从长城的一端起步。跋涉 3000 千米后,他们将相遇并结婚。然而,在一起 13 年后,他们用这种方式宣告了爱情和艺术合作的终点。阿布拉莫维奇曾说:"我们总是花太多时间在一段关系的开始,为什么不对它的结束给予同样的关注呢?"

乌雷从悬崖边出发,下面是一条蜿蜒的银色河流,他走过褐色的沙漠。瘦长的身影掩在披肩下,面容隐在阴影里。他的步伐坚定而轻快。他穿过长城破败的遗迹和地震留下的裂缝。他越过长城消失的草原,走过断壁颓垣。

玛丽娜,从长城的东端出发,走过的是熟悉的夯土砖墙、石栏和阶梯。一步步,握着拐杖,攀登。在庞大的原始森林和陡峻的阶梯面前她显得弱小单薄。上行又上行、下探又下探,上行又上行、向前又向前。她的红色衣服在风中飘动。远处是金色的光。她仰着头,目光冷静,脚步坚毅。

穿越3000千米去告别。希尔亚斯看下去，直到影片来到最终乌雷和玛丽娜会面的时刻。

希尔亚斯想到妹妹恳求她回家参加父亲的葬礼。

“你为什么一定要这么固执？”艾拉问她。她母亲总是这么抱怨。那就是她，希尔亚斯，固执。“我想请你回来帮我处理这一大摊事。我不知道该怎么办。”

“管它呢。”

“他爱你。他爱你胜过任何人。他从不曾责备你。”艾拉哭起来，“为什么你就不能回家，跟他告个别呢？”

“没什么可说的。”对她的父亲和他的墓碑都是如此。

挂断电话，她才想到自己本可以主动分享些回忆。“你记得我们是怎么从桥上把他做的那些小木船扔进塞纳河吗？记得他晚上回家时，身上带着雨后的沥青味吗？”可如果她一旦开始说，就永远停不了了。

她不想看到父亲的名字出现在墓碑上。她不想看到没有他演奏音乐的房子。她不想看到他的单簧管。她记得自己还是孩子时，他在演奏，而她看见了彩虹。他的眼睛是她见过最悲伤的。他的手握住她的手，像一对翅膀保护着身体。即便她几乎跟他一样高了，过马路时他还会拉住她的手。他一直笃信她会顺利通过课程，笃信她又能干又聪明，即使她早已向他证明自己不行。

我可以走3000千米再去看你，爸爸，她想。我穿红衣，你穿蓝衣。我会沿着长江走，横穿沙漠，上下阶梯，避开官僚和百万游客，只为再看见你。你没有死。你只是走在路的前面。当我的时限来临，我会准备好，而你会在那儿等我。你有一面带马耳他十字的旗帜。我，我没有旗帜。看，我只属于你的国家。你暖和干燥的手指会握着我的手,我会安然无恙。

“希尔亚斯。”一个声音说道。是奥克塔维亚,现代艺术博物馆为她安排的陪同人员。“你还好吗?”

“是的,是的,当然。”希尔亚斯说,站住了。

“我们要开门了。现在是10点25分。”

“对不起。”

“展览很动人。别在意。好多人都哭了。”

第二十七章

玛丽娜还需再坚持一个月。广播里放着安东尼和约翰逊乐队的音乐,《愿有良人》。安东尼的声音听起来像个16世纪的阉伶。队伍里至少有一个戴着耳机听音乐的人,认为她可以为了纯粹的、鲜艳的、灼热的死亡之美,可以喝下汽油、纵身火海。黎明的迷雾已消散,此时这座城市在皮克斯动画片里那种云朵下岿然自立。艾丽斯·莱文在60秒前抵达,准备去听一场讲座。希尔亚斯·布林从游泳池游完1500米回来,正喝着佳得乐饮料。

马可·阿内利,官方摄影师,正小心地复位他的佳能EOS-1D Mark IV相机。每个傍晚,在翻看完白天的照片,向玛丽娜介绍完毕后,马可能趁着玛丽娜逐一查看时睡上一会儿,再上传它们。他可以每天只睡六个小时,尽管他每周二要一直睡到中午,那天是现代艺术博物馆每周的休息日,他们都有24小时的缓冲时间,可以恢复稍许正常生活。有时在周二晚上,他无法想象自己要怎么熬过下一周、再下一周的日程。

没有时间交朋友,也没有精力交朋友。他整天被人围着,整天观察面孔。他的梦成了奇怪的警戒线。有时他在一个巨大的花园里修剪脸庞,有时他在河水里打捞面孔,似乎它们是月亮的倒影。昨天晚上他梦见一个派对,他一间屋一间屋地寻找着独特的面孔,无果,每个人都打扮得好似虹彩蓝鸟,有着乌黑的眼睛和闪着珠光的鸟喙。

他把夹着许可书的板夹依次递给队伍的人,他们会填好并签名,然后问他,就像人人都会问的:“要等很久吗?”

他微笑着,对每个询问的人说,“很难说”。

他尽量不参与中庭里的交谈。他又不是发言人。他是摄影师。他和玛丽娜讨论这场表演时,想象玛丽娜对面的椅子会经常空着。他们从未想过会有这么多人一定要坐过去,哪怕排上很久很久。

他看了一眼表,那是玛丽娜送的礼物。太完美了,她给他的其实是时间。他们分享时间。她在这里,他就在这里。25 天里,他是她不变的见证者。

他们在罗马相遇。他请求为她拍照,她给了他第二天的十分钟。那是她能给出的全部时间,她说。她在指定时间迎接了他,而他让她大吃一惊。他想拍的不是她的脸,而是她的伤疤。

伤疤告诉了他真正的故事。那些用刻刀、冰块、火焰和手术刀留下的伤疤;经年在艺术与灵性之间紧绷的工作;经年试图搭建一座连通东西方哲学和身体的桥。他并不假装自己能理解她,因此他仰慕她。她像老去的女人那般精致①。她们清楚适合自己的嗓音、走路的样子、穿衣的风格。她们了解自己的身材和面容,而如果她们活过,真实地活过,她们身体里就像有口井,会让他这样的年轻男子愿意啜饮不息。并非全然是性感的美,但完全是感官的美。这就

① 原文为意大利语。译注。

是他的感受。对玛丽娜感官上的挚爱①。她的力量、她的幽默、她的孤独,还有她的随性菜肴——烤鸡、烤肉末茄子、蘑菇烩饭②。她让他有家的感觉。她让所有人都有家的感觉。玛丽娜之家③。

他通过相机镜头看着玛丽娜,在她的黑眼睛里,看到了世世代代的斯拉夫人、阿拉伯人、希腊人和波斯人,他们或徒步或骑驴,长途迁徙,身上带着能熬过下个冬天的财物。他们要前往的那片皱褶的土地,恰在欧洲与中东的十字路口。作为意大利人,他理解那些国民的感受。他明白,改换国名——接受不同的主人、在野兽的游戏中甘做卒子并非易事。意大利对那一切早已了解。即便现在,意大利士兵仍深陷于伊拉克战场,那本是布什的战争,如今又成了奥巴马的。是贝卢斯科尼,那个小丑④,签字让他们去的。意大利理解,曾是你邻居的人成了你的敌人是什么感受。直到一战后,意大利才联合成为一个国家。而在前南斯拉夫,战争的规则不同,但更胶着、更艰苦。塞尔维亚人、波斯尼亚人、克罗地亚人、阿尔巴尼亚人、黑山人和斯洛文尼亚人之间有着强烈的仇恨——一场旷日持久的战争⑤。

人们挥起斧头杀害住在同一条街的妇女和孩子。那就是前南斯拉夫。一个已不存在的国家。位于奥地利和马其顿之间一个延伸的半岛上,充满疯子和音乐家、爱人和杀手的童话之地。玛丽娜从前南斯拉夫来,这里自我掩盖、扭曲和折叠的时间比其他有名字的地方都要久。这个半岛上山谷陡峭,河流湍急,湖水蔚蓝,村落蜿蜒,山顶终年积雪皑皑。这片满是皱褶的土地,藏着无尽的秘密⑥。

在最初的十分钟拍摄完成后,玛丽娜给了马可一整天的时间。

---

①—⑥ 原文为意大利语。译注。

一整天拍完，他们坐在水磨石板上喝柠檬酒，她对他说，如果你把手伸进南斯拉夫人的口袋，你能扯出一串关于热面包、洋葱和水果馅、葡萄叶和李子白兰地、玉米包和苹果派的故事。你能理出有关太阳由白马拉着跑出宫殿、一个年轻的神在春天撒下玉米、夏天是个刚陷入热恋的姑娘又总在秋天被甩，等等神话。你会在古老的山脉里割伤自己，在迷路的山谷里擦伤膝盖，不过还有成片的红色罂粟花，上好的自家酿酒，有人为月下徘徊的处女唱情歌，老妇人则揣着动物骨头防病。

玛丽娜还跟他说了别的神话：叫起来像狗的大黑猫，在漫长的白色冬季里保护着谷仓里的奶牛；浴室、前门、壁炉里的幽灵；捕鼠者和牧羊人、士兵和牧师，一个由黑色、绿色、金色、红色和洋红色包裹的世界。

当她策划这场表演时，他说："我会拍下每个坐在你对面的人。"

"75 天，"她说，"你确定吗？你做得了吗？那可是相当久。"①

"是啊。"他说，那时他并不真正了解 75 天究竟有多长。或许玛丽娜也不清楚。

他们一直用意大利语交谈。他的英语很糟糕，他的塞尔维亚语仅限于你好、再见、谢谢、明天、饿了、好吃、一个、两个、三个、爱。她则会说德语和法语，还有荷兰语。每种语言她都表现得风趣而热情，她的元音和辅音带着浓浓的巴尔干半岛口音。

"整场表演我都会陪着你，"他说，即便那时他仍感觉到自己对她的挚爱，"每一天，那样的话不会错过任何事情、任何人。每张脸。我们会捕捉每张脸。"

---

① 原文为意大利语。译注。

就这样，他的承诺已履行了一半，春天已经拥抱了外面的城市。中庭婴儿车里的孩子们都光着腿，不再裹得厚厚的、穿着靴子。他闻到了牛仔外套上雨水的味道，还看到外衣和围巾上风吹过的痕迹。

75 天里，他是档案保管员。每一天他拿着夹板，请队伍里的人填写拍摄许可书，允许他们的影像被用在玛丽娜之后的作品、书、电影和表演中。几乎每个人都签了。然后他便回到相机那儿，捕捉他们甫一坐下、眼神与玛丽娜初次交汇的瞬间。接着他继续等待，直到他们的情绪流露出来，他就再次捕捉、捕捉。

坐一次可能持续两分钟或两个小时，或一整天。他没想到人们会这样。*玛丽娜之家*①的人也没有想过。坐下的那些人脸上表达出如此多的东西。他寻找着激情。他寻找着他们无法解释地沉迷其中的瞬间。他感到似乎处在一个原始真相的世界之中。谁能想到世上竟有这样的脸？他曾拍过建筑、历史、音乐。如今，日复一日，他看着人类的脸，充满好奇，他在人心中看到历史的深邃。每个人都是自己被打击、挽救、擦亮、镌刻、雕琢，最后闪闪发光的样子。

他捕捉这转瞬即逝的东西，艺术家和她的观众之间共享的瞬间。她对面的椅子是一份邀请。*只要你愿意，请坐下*。

在纽约这里，时间是每个人的硬通货，而深深注视另一个人的脸更可能被当作疯了的标志，人们却群涌而至，与玛丽娜·阿布拉莫维奇坐在一起。与其说她在窃取人心，他想，不如说她在唤醒他们。他们眼中闪出的光芒。他们的才智、他们的悲伤，都在人们坐下时翻涌出来。马可，用他的长镜头和档案保管员的眼睛，将其尽数捕捉。*这是奉献者与奉献者*②。

---

①② 原文为意大利语。译注。

第二十八章

当布里蒂卡·范德萨第三次回到纽约,她不顾从阿姆斯特丹搭乘夜航后洗澡的渴望,直接去了纽约现代艺术博物馆。摄影师马可认出了她,看着她点了点头。卡洛斯,那个来坐过肯定有15次的人,又坐在这里了。卡洛斯在社交媒体上挺红。推特上已有一个"我和玛丽娜一起坐过"的标签。她看见那个银发的电影配乐家也坐在表演区边上,简曾介绍过他。他还在老地方,坐在一个红色枕头上。他完全被桌上的两个人吸引了,好像正在看一场电影。她好奇他的生活发生了什么,让他靠这个打发时间。她一定要采访他。

今天她很走运,队伍行进得非常快。午后,终于轮到她了。她走向桌子。这次她想尽可能得体。她盯着阿布拉莫维奇棕色的眼睛,肯定那里闪过了认出她的神情,那很温暖。布里蒂卡微笑了,希望阿布拉莫维奇注意到那一刻。

她意识到来自人群围观和关注的噪音。她希望自己看上去很自信,可她只有紧张感。为什么其他人坐上来的时候,看起来一点也不在乎人群?毫无自信的时候假装自己很自信,简直是世上最难的事情。

她的心怦怦直跳，脸颊泛红，双手一直在颤抖。有种震颤的感觉顺着脊柱蔓延开来。上电视的人会紧张吗？玛丽娜会紧张吗？她现在紧张吗？

等我拿到博士学位，我就不会有这种感觉了，布里蒂卡想。还要六个月，然后我再也不会感觉自己名不副实了。

马可曾告诉她，在表演开始前，玛丽娜的团队有个赌注，打赌有多少人会来坐。玛丽娜的助手戴维德·加利亚诺，预计会有超过50万观众和1500名来坐的人。他们都觉得他在痴心妄想。而《艺术家在场》如今表演过半，戴维德在观众人数上已经赢了，也有超过1000人在玛丽娜对面的椅子上坐过了。

布里蒂卡重新调整了自己。她吸了口气，慢慢将它吐出来。她仍盯着阿布拉莫维奇，但心跳并未平复。她想着玛丽娜的故事让自己分心。她想坐够20分钟。让记录证明她达到了20分钟。

她想到，有一次阿布拉莫维奇从学校带了个朋友回家，他们从玻璃展示柜里，拿出了她父亲的一把左轮手枪。玛丽娜在枪膛里装入一枚子弹，接着旋转了弹膛。然后她将枪口对准自己的头，扣动了扳机。啪嗒。枪没有响。之后她的朋友也旋转了弹膛，拿起枪对着自己的头。他按下了扳机。啪嗒。枪没有响。他们放声大笑。

玛丽娜28岁住在家里时，想做一场表演，穿着她母亲会喜欢的服装走上舞台。她会穿上短裙和衬衫，或穿上连衣裙戴着手套，妆发得体。玛丽娜会站在舞台上看向观众，然后往枪膛里放入一枚子弹。她会旋转弹膛，用枪抵住自己的太阳穴，然后开枪。如果她没有死，那么她就要穿自己想穿的衣服，打扮成自己想看的样子，然后离开。

她还想做一间屋子，人们进来时要裸体，他们的衣服会被清洗、晾干、熨平后送回来。这些裸体的访客们会穿上清洁一新的衣服走出房间。作为行为艺术的自动洗衣机。大学没有批准这场表演。

布里蒂卡想到那辆停在楼上回顾展入口处的雪铁龙牌小货车。玛丽娜和乌雷曾驾驶它周游欧洲,还带着他们的狗阿尔巴。车上已经没有那个拥挤的床垫,他们曾在上面睡了5年,没有厨房设备、他们旅行时得来又丢掉的书籍、松香葡萄酒瓶,以及玛丽娜近来的编织手工。阿尔巴死了很久了,同时不见的还有照亮货车前路的白色车头灯,每天早上为他们提供奶汁的山羊,那些在悬崖顶端的漫步,穿过森林、走过城市广场去听人们的夜谈。观看双陆棋和滚珠游戏。为这场和那场表演做计划。消失的是他们的关系。

布里蒂卡猜想自己有没有遇到什么人,让她有玛丽娜和乌雷曾对彼此的感觉。她无法想象与某人生活和工作在一起。让他们拿着一张弓,箭头对准自己的心脏,就像玛丽娜曾在《潜能》中表演的那样。或夺走你的呼吸,像在《吸/呼》里,直到你几乎要被另一个人呼出的二氧化碳毒倒。或把你们两人的头发绑在一起。那简直让她犯了幽闭恐惧症,她做了个鬼脸。

她希望马可没有拍下那个表情。她发现自己的心跳已平静下来,脊柱下的震颤也没那么强烈了。她再次集中注意在玛丽娜的眼睛上,希望能打开它。

我不想爱你爱过的那种人,她看着玛丽娜时想到。布里蒂卡知道她对男孩的方式太紧绷了。她的上段感情结束得很糟糕。她完全缠着他。现在回想起来真是难堪。她希望马可也不要把自己刚才的样子拍下来。

她看出玛丽娜的注视好像停留在自己面庞的前面某处,好像自己前方有另一个世界,而她看不到。玛丽娜看见了什么?

艺术不会止步,那是玛丽娜曾说过的。艺术不会到了5点便说道,“好了,今天结束了,去想想电视或做晚饭去吧”。不会那样的。它永远都在:当你切蔬菜、和朋友聊天、听音乐、办派对的时候。它永远在那儿提供建议,希望你去写写画画、唱唱弹弹。希望你想些宏大的事情,与观众建立联系,运用激情、寻找激情。它不会在你准备好的时候出现,也不会在你想要的时候来,或是结束的时候走。它自有节奏。在你有意为之的时候,它常会晚到、慢来,或压根不出现。

布里蒂卡想起,自己回家晚时,母亲总想在她身旁放点吃的。她总会亮着门厅的灯。为自己铺好新的亚麻床品。似乎母亲一直想让布里蒂卡确信自己被爱着。那正是收养的问题。她不是亲生的。她不是生母的首选。也没有好到让她一直抚养自己。她的生母是个中国女人,可能之前已经生过一个孩子。或者她想要一个儿子,于是放弃了布里蒂卡,来换取下次的希望……

可她被收养了,只知道父母深爱着自己。她试着做一切事情,让他们知道自己有多感激他们。但并不容易。她满怀热情地做着自己并不理解的事。她没有历史感,不知道自己这么年轻,为什么会对性有如此大的兴趣。这已经给她带来麻烦了。

她不确定自己本质上是不是个好人。她想只要自己负担得起,她就要搬出去自己住,因为那个念头实在让她有点害怕。她想象着在特西林小岛①的沙丘旁有个小屋。也许她可以设法去那儿完成博士论文的终稿。

布里蒂卡有个理论,阿布拉莫维奇不喜欢独居。坐在这里就是恐惧的一种体现。玛丽娜有一个孤独的童年,生命中前六年的时间与祖母住在一起,只在周日能看到自己的父亲和母亲。弟弟出生

---

① 特西林小岛(Terschelling),荷兰北部的一个岛屿。编注。

后，她回家与父母住在一起。不久之后，她因为血液问题住了一年医院。她母亲从未去看过她。

也许不会有人来看《艺术家在场》。开场几天后，待阿布拉莫维奇的粉丝们捧场后离开，这场表演没准会无人问津地黯然结束。人们可能会站在表演区边缘，皱着眉头，调笑几句便散去。风险总是存在的。这场表演也许不会和任何人有联系。玛丽娜·阿布拉莫维奇一路走来都是如此，从贝尔格莱德到纽约的40年艺术生活，直到孤单单地在这张桌边坐上漫长的三个月。

此后很久，布里蒂卡就这么坐着，一束冷光从天而降，似乎是她们头顶上的六层天窗将锥形的阳光洒在中庭里。玛丽娜的脸有如石刻，像狮身人面像那样古老，只不过刻的是人的面容，质地是猫眼石。

在某个时刻，布里蒂卡看见一个小小的方盒子悬在她和玛丽娜之间。盒子向她飘过来，她能看出它在微微颤动。尽管布里蒂卡没动，却不知怎的能伸手将它握在指间。它闻起来像羊毛洗涤剂。她想起母亲在灯光下练习书法的样子。她看见父亲在晾晒衣服。她感觉自己幼小无比。她想到小时候，自己醒着躺在床上跟耶稣说话，有几次她肯定耶稣也对她说了什么。

她揭开包裹在盒子外面的金叶子，在里面看见了自己的灵魂。它暗淡而亘久，如星光闪耀，样子却像个小糯米团。她把它滑入口中，吞了下去。

当她终于站起身来离开椅子，中庭里已全是陌生人了。她忘了自己本来要说的话，走到了马路上。

稍后，她躺在中央公园的草地上仰望云朵，感觉自己的一部分似乎已经飞远，也许是回家了。

第五部

每位艺术家都曾是个外行。

——拉尔夫·瓦尔多·爱默生

第二十九章

“希尔亚斯？我是阿基。”

“阿基？嗨！你好吗？”

她的声音和过去一样。突然间莱文不知道自己之前在害怕什么，为什么没在几个月前就打给她。

“我看见你去玛丽娜·阿布拉莫维奇对面坐了。”他说。

“是的，我去了——已经两次啦。”

“我们可以聊聊这个吗？”

“当然啦①。你能顺道过来吗？”

“嗯……”

“我可以做点吃的。”

“真的？谢谢你。我接受。好吧。什么时候？”

“任何时候。今晚？顺道过来就可以。我真的很想你。”

“我想你可能会想做些声乐。我正在做一个新的电影配乐。”

“咱们来谈谈吧！”

---

① 原文为法语。译注。

“我会带几只音轨过去。”

“好啊。那么7点可以吗?”

他看了看表,估算了交通的时间,他还需要洗澡和剃须。“没问题。”

“一会儿见。”她说。

希尔亚斯住在第六大街,在中央公园以北的几个街区。新公寓混杂着老的市政建筑。咖啡馆正在取代开锁店。一座新的电影院已经开业。而哈莱姆区已自我演化了几百万年。在白人和黑人到来前,印第安人住在这里,在印第安人之前,有乳齿象和美洲野牛。再之前有恐龙和冰川,再之前是一片庞大的内海,等待着阿巴拉契亚山脉冲出水面,形成曼哈顿岛。

莱文乘A线快车来到125号,然后走了一段。他最终还是拆开了那箱老唱片,发现了一些莫里西、尼克·德雷克的《粉月亮》,还有几张汤姆几年前给他的莱昂纳德·科恩①的专辑。敞开阳台门高声放音乐的感觉真好,让声音在华盛顿广场上空飘荡。

希尔亚斯的公寓在一片用抛光钢加固的褐石围墙高处,除了一道带视频键盘的大门和一个塞信的小口,什么也打扰不了。房主把下面两层搞得一团糟,不过希尔亚斯的公寓在顶层,毫发未损。莱文按了对讲机。希尔亚斯把他放进来,他穿过巷道,从边梯上了楼。

门敞着迎接傍晚的温热。她出来迎他,拥抱他,吻了他的两颊。“真高兴看见你啊,阿基。你没必要这么善于躲开人,你知道。我们都很想你。我在做西班牙冷菜汤。我想用加热过的冷菜汤配意大利面和蒜蓉大虾。”

---

① 莱昂纳德·科恩(Leonard Cohen,1934—2016),加拿大音乐家、艺术家,被誉为“摇滚乐界的拜伦”。编注。

她在厨房里忙个不停，身上是蓝色牛仔短裤，一件红色小T恤，手腕上缠着染色皮绑带。她扎着头发，几缕黑卷发垂在肩膀上。她在切大蒜和欧芹，磨柠檬屑，把它们放进一个大碗里搅拌，又切了面包。

在阿斯本，汤姆在亨特·斯托克顿·汤普森举办的一个派对上遇见希尔亚斯。希尔亚斯比他年轻不少，可那并没有阻挡汤姆的热情。希尔亚斯当时有男友，可等假期结束，她便和汤姆一起回了洛杉矶。

他们曾是一对热恋的情侣。他知道汤姆曾向她求婚，而希尔亚斯不置可否。汤姆曾对他说，希尔亚斯是不粘锅。他们无论去哪儿，男人们都要在她那儿吃上闭门羹。他介意吗？不，他对莱文说。他曾反复向她保证，他绝不背叛。可他食言了。他曾说莱昂纳德·科恩写这首歌的时候一定在想着她：

> 我遇见一位淑女，黑暗里与她的大兵们玩乐。
> 哦，她必须一个个告诉他们
> 她的名字是圣女贞德。
> 我也在那支军队，是的，待过一阵；
> 我想谢谢你，圣女贞德，
> 曾如此款待过。

他下午又弹起这首歌，脑海里却听见另外几句歌词：

> 天窗像一面我永不会修补的鼓皮
> 所有的雨水跌落，阿门

桌上是新鲜的意式面包,一碟橄榄油和一碟杜卡香料。希尔亚斯打开他带来的那瓶红酒,从架上取下两只杯子,为两人斟上酒,坐下来,隔着木桌面看莱文。

“那么,告诉我最近有什么新闻,阿基?”

“我在做一部配乐。一部故事片长度的动画电影。与华纳合作的一家叫和泉的公司制作的。日本导演。”

“动画?你第一次做这种类型吧?”

“不错,”莱文说,“不过我喜欢。”

“怎么跟日本导演合作?你过去?他过来?”

“我们用网络电话。不过也许我很快要过去了。我们可能会在东京把最终版配乐做出来。”

“你想为我弹几句吗?”

“晚一点吧。我带了几张唱片,想听听你的意见。”

他为她解说矶田诚治改编的电影脚本,关于一个夜晚是鱼的女人,如今爱上了一个既是熊又是冬王的男人。

“麻烦是什么?戏剧冲突在哪儿?”

“他们有了个孩子,那孩子要选择是像父亲那样做一头熊,意味着离开;还是留下来,像母亲那样做一条鱼。”

“成为你的母亲还是父亲,是个永恒的问题。”希尔亚斯说。她望着外面南哈莱姆区低矮的屋顶。空气闷热潮湿。一场暴雨正在酝酿。

“那么结局不圆满喽?”她问。

莱文摇摇头。

“真诚的故事，”希尔亚斯耸耸肩，“音乐呢？需要带动情绪，对吗？”

“是的，不过不会像《战火浮生》那样有宗教色彩，也不像《指环王》那样玄幻。不会像《最后一个莫西干人》和《与狼共舞》。我想做点陌生的东西。要奇妙。像混合了吉尔莫·德尔·托罗和泰伦斯·马力克①的音乐。我还没找着正确的感觉。”

“你去看过莉迪娅吗？”希尔亚斯似乎不经意地问道。

莱文眨眨眼，摇了摇头。“我真的不想谈这个。”

希尔亚斯把英国菠菜放进滤锅里清洗起来。然后她用干净的茶巾把叶片包起来，拭干水分，在红色的碗里装扮沙拉。“那我们就不谈，”她慢吞吞地说，“把大象赶出房间去最好不过。”

莱文没有说话。

“那么，你想谈玛丽娜·阿布拉莫维奇？”希尔亚斯问。

“是的。和她坐在一起什么感觉？”

“唔，很不可思议。”希尔亚斯说着，笑起来，“我发现自己在跟汤姆说话。似乎他就坐在我前面，和你一样真实。我们一起吃饭。我是认真的。我们只是闲聊，似乎那毫不稀奇。”

“你的意思是有种幻觉？”

“嗯，我觉得是，不过感觉不错。”

“他说什么了？”

“就是汤姆说的那老一套。不过很逼真。之后那种感觉一直在。我很好奇是不是每个人都有这种体验。”

莱文皱起眉头。

---

① 泰伦斯·马力克(Terrence Terry Malick，1943—)，美国电影导演、制作人，代表作《细细的红线》等。编注。

“你看科尔姆·托宾的文章了吗？”

“没有。”莱文说。

“我去拿。稍等。”

她去了客厅，他听到她在里面沙沙地翻找着，然后再次出现了。

她拿着一份《泰晤士报》，大声念道，“感觉像被带入了恩尼斯科西①的一个房间，当时我还是个孩子，有位邻居在前一天去世了，我被允许去瞻仰死者的遗容。还有这里——听听这个，”她说，“这很重要，可能过于重要、过于私密、也过于深究了。我感觉，它要么是我一直该做的事，要么是我永不该做的事。”

她看着莱文。“因为它感觉上太贴近边界了。就像教堂或一场庆典，你不确定自己是不是真的被邀请，但你还是去了。非同寻常。难以忘记。你还没去坐过吧？”

“没有。”

“你一定要去，阿基。你一定要去。”

“我一定要去？”他问。

“你会喜欢的。别错过。”

“我会的。”

“也许你不会。”然后，她换了个话题说，“你想和我一起来椴树俱乐部演出吗？我真的想让你来。我们都想让你来。”

“我会考虑的。”

“我知道能找到别的钢琴师，不过没有你，感觉就不对了。”

“好吧。”他说。

“我知道艾丽斯也想一起聚聚。我前几天看到她了。”

---

① 恩尼斯科西(Enniscorthy)，爱尔兰的一个城市，位于韦克斯福德郡。编注。

“好啊。”

“好啊是指没问题,还是指我会考虑的?”

“没问题,这季我要参加。”

“哇哦,阿基,我们为你这答案等了六个月啦,而你就这么回答说没问题?”

他耸耸肩。“对不起。”

沉默了一会儿。莱文抿了口红酒,环顾厨房。看着用挂钩悬在上方架子上的一口深平底锅,台座上正在融化的蜡烛,刀架,金属水槽,窗台上盘子里的肥皂块,一个装了石榴的碗,另一个装了番茄的碗。他感觉自己真切地生活着。似乎坐在这里,他追上了身体的另一部分,而那部分早已坐在这儿等他了。他上一次来时莉迪娅也在。希尔亚斯为他们做了晚饭。他想到那仅仅是几个月前的事,这一切太荒唐了。

希尔亚斯切了面包,从冰箱里拿出一盒汤,放进搅拌机。“抱歉会有点吵。”她说着,打开了机器。他顿时绷紧神经。

她把明红色的汤倒进两个黑色的碗里,又在上面撒了些黄瓜丁和红辣椒丁。

“看见你真好,阿基,”她说,把一只碗推向他,“已经太久了。”

音箱响起他带来的音乐。简单的钢琴旋律,中提琴配合,双簧管引子,大提琴呼应。柔和的小号从弦乐中响起,在树梢间飘荡。

“这就是河水和森林啊。”她说。

“嗯,是呀。”莱文说。

“那么,我想现在需要的只有……嗯……爱情?”

莱文叹了口气。他抬头看着墙上一幅巨大的印刷品。那是一张希尔亚斯唱歌时的照片。她散着头发,身穿银色衬衫,皮肤乌黑。她闭着眼睛倚着话筒的样子,看起来优雅极了。

“它就在那儿。只是需要发掘。”她说。

莱文抿了口她做的咖啡。土耳其风味,甜蜜而粗粝。

他们工作到深夜。他弹着她的立式钢琴,希尔亚斯感受着他写的曲子。她对音乐有种天生的、激情洋溢的感受力。在他们一起演奏的那些年里,她经常让他感到学院派的训练毁了自己。她唱的歌能让他起鸡皮疙瘩。她的嗓子里有种声音常令他感动落泪。

午夜后,暴雨倾盆,打在屋顶上噼啪作响,他们无法继续。

“我给你叫辆出租车。或者也欢迎你留下。我把沙发床准备好。我们可以去外面吃早餐。”

与她如此切近,他不知道自己还怎么睡得着。他难以自持。他渴望请她就这么抱抱自己,带他去床上,拥抱他。可他无法开口说这些。

“不要紧。我走出去,到第八街打车。”他说。

她在恋爱中吗?他永远不想问。她有时会把他介绍给一些有演出机会的人,但汤姆之后,没有人能长期合作。

“那我明天下午过去,我们把声乐部分定下来?”她问。

“行。好的。到时候见。”

“你知道,我还没见过你的新公寓。”

“我没邀请任何人。”

当她吻别道晚安时,她说:“你知道,阿基,莉迪娅非常爱你。”

“是吗?”他问。

“当然,”她说,“你没跟其他人聊过吗?我可以给你介绍个厉害的。”

“律师吗?”

“不是,”她笑了,“心理医生。”

“我很好。真的。我恨这一切,但我真的没事。”

“没有人经历过这些还会没事。它能吞噬一切。你很痛苦。”

“真的,如果这是莉迪娅想要的……你知道莉迪娅的。她不会改主意。”

“如果她改了,我们也不会知道。”希尔亚斯说。

“哦,上帝啊。”莱文说。他希望这整个话题不曾开始。

“她爱你。我觉得她也许想看看你会怎么样……你们两个会怎么样……”

“所以,像一种测试?还是一场考验?”

“不不。不是那样的。”

“我真的很想见她。”他说。

希尔亚斯点点头。“有一丝希望。我知道那很渺茫。不过,要是她能好起来,可以说话,可以一起听音乐……”

“你是说她会回家?”

希尔亚斯耸耸肩,“哪,有这样一首小诗:即便过了这么久,太阳也从未说过,‘你欠我的’。有这样的爱,整个世界都照亮了。你永远不知道爱情会创造出什么,阿基。”

她在门边紧紧地拥抱了他,然后放他离开。“明天见。给——雨伞!”

出租车飞快地奔向市区,穿过消融的灯光和新积的水坑,车外交通一片嘈杂,后又归于静谧,车里,雨刷在暴雨中像节拍器来回摆动,雨水滑落纷纷。阿门。

第三十章

六楼，回顾展门口停着一台旧货车。里面空空如也。艾丽斯喜欢住在货车的主意，和一个乐队或一个男朋友或两者兼有，一起在路上。玛丽娜·阿布拉莫维奇那些年曾是个摇滚少女，她想。从一场表演到另一场表演，演出遍布整个欧洲。

上方是一幅巨大的阿布拉莫维奇黑白画像。展馆里的尖叫和呻吟声清晰可闻。一个警示语提示说，这场表演可能会对某些人造成不适。

两个站得很近的女人正在看指示牌，其中一个说："我对他说了五次要洗脸，说了五次要刷牙、穿衣服，可他就是不动。"

她们一起点点头，向前走去了。另一对夫妇经过，其中的男人说："嗯，我怀疑这种人到底在做什么艺术。商业型的就想挣钱。那完全是另一种艺术。"他们两人都大笑起来。

"哦，来，从这儿走。"艾丽斯对她父亲说。

莱文微笑着与她一起走进人头攒动的房间。大屏幕上播放着阿布拉莫维奇的影像。开始时，她正用力梳头发。她一边使劲地用梳子穿过她又长又黑的头发，一边说道："艺术一定要美，艺术家一定要美。”艾丽斯同意这个观点，不过一个美丽的女人这么说合适吗？

前方的门廊里有处障碍，首次出现了裸体的表演者们。艾丽斯离开莱文，到房间一侧去更细致地观察。一个有着金色皮肤和小小的、不太成熟的乳房的年轻女孩，站在一个瘦削、纹丝不动的裸体男人对面。这对裸体男女毫不退缩地迎着对方的目光。人群在犹豫。有些人紧紧抓住自己的包，从两个裸体的人中间匆匆穿过。还有些人走得比较慢，不过罕有人直视表演者的眼睛。几乎每个参观者，不论男女，在他们穿过障碍走入下一个房间时，都朝着女孩一边。只有一个人，一个男的朝向了那个裸体男人，不过他也没有眼神接触。还有个粗人，经过时完全没有考虑自己的纽扣或皮带扣擦过柔软的身体，会造成什么伤害。

艾丽斯选择面朝男人，感受他的裸体散发出的热量。她还没想起要看他的眼睛，就已经通过了。她回过身，看见莱文低头看着地板，面向女孩穿了过来。艾丽斯不愿去想父亲也是有性别的。

前面有两个人站在一个小凹室里，互相指着对方，他们的指尖几乎要互相碰到了。再往前，一个男人和一个女人的头发绑在一起，背对着背，在一面凹陷的白墙里。他们除了眨眼，几乎完全没有动的迹象。

在一间黑屋子里，灯光照在一大堆石膏做的白色牛骨上。大屏幕里的阿布拉莫维奇穿着实验室外套，戴着眼镜。她看着像马上要去演讲。然后她脱掉外套，开始跳舞。身上只穿了黑色衬裙、长筒袜和黑色高跟鞋。

艾丽斯并不确定它的涵义，但她喜欢。这里有某种滑稽感。她朝一个男人走去，他躺在一具骷髅下面。她走到他身边才意识到，他也是裸体的,而她已离他非常近,感觉有点尴尬。他呼吸的时候,骷髅似乎也在与他一同呼吸。

艾丽斯掠过陈列着信件、照片和奖章的玻璃柜,然后她坐到一张皮质长凳上,听起耳机。

玛丽娜用她与众不同的英语口音说:“我去了拉达克的寺院,因为我想看喇嘛的舞前准备……我们只是普通人,可一旦我戴上面具,我就成了神,而神可以为所欲为。

“如何抓住此地和此时?这与在场有关。一个表演者仍有可能是心不在焉的——身体在这里,思想四处游荡……”

艾丽斯身边的胖女人摘下耳机。“这也太破了。”她大声说,“他们该修修。我听不懂她在说什么。”

艾丽斯点点头,注意力又回到声音上去。

父亲在阿布拉莫维奇的表演里会看到什么?艾丽斯皱起眉头。他喜欢独处。她记得那些母亲外出工作、约兰达也不在家的夜晚,她期望他能来说说话,可他只是做音乐。他能持续几个星期不跟她聊天,除了告诉她自己将要配乐的电影,或即将完成的下一段音乐。

开始学大提琴时,她以为这会是他们共同的事业,又或许这已在莉迪娅的计划之中。然而直到艾丽斯从巴黎学成归来,他听到她在乐队里的演奏,这才邀请她和自己一起参加希尔亚斯的乐队。她意识到在此之前,他从未把她视为一个音乐人。

阿布拉莫维奇的声音在那不堪一击的耳机中说道:“失败极为重要。你必须经历。失败是过程的组成部分。”

纽约吸引着极端的事物,艾丽斯想到。双子塔还在时,那个法国人在两座塔之间架起绳索走了过去。阿布拉莫维奇在静默中坐上 75 天。倒塌、失败,灾难的可能性如此之近。

艾丽斯不喜欢失败。她非常努力不去失败。她想也许自己会让母亲失望，可她不知道该如何处理。她起身穿过回顾展。在另一间房里，一个跟她差不多年纪的女孩全身赤裸高悬在一面墙上。艾丽斯观察到有个小小的座位在她的两腿之间，女孩的阴毛中不易察觉地藏了个塑料的小自行车座。她张开双臂。人们站在屋子后面看着她。艾丽斯向前走去，女孩注视着她的眼睛。艾丽斯没有回避。女孩的胳膊微微地动了。她的脚下有些微小的支撑，艾丽斯看她时发现女孩不停地微调，确保自己牢固地贴住墙面。艾丽斯有些担心她，挂得如此之高，又直接对着水泥地面，人们还盯着她的裸体看。

只要有时间，艾丽斯每个周末都去看母亲。她要倒三趟火车，不过她会读书和学习，形成了新的作息。给母亲穿衣服是很怪的事情。似乎有种共同体的感觉。母亲没有眼神接触。她的反应完全是被动的，好像她一直做着白日梦。她不说话，尽管有时会叹气。母亲坐在轮椅里被推去洗澡时，护士会跟她说话，复诵着保健人员的诗，确保病人完成每日每夜那些细小而必需的任务，我们要走啦，把你推进椅子里，现在抬起脚呀，一只，两只，完成，现在我们要去浴室，我们到啦，很好，现在脱掉你的睡衣，开始洗澡啦，哦真好啊，不是太烫，不是太烫，正合适，舒服又暖和，我们来洗头发，好极了，来闭上眼睛……

她们用毛巾裹好母亲送回来。艾丽斯会擦干母亲脚趾间的皮肤。她为母亲修剪脚趾甲，吹干头发。然后，当母亲坐回床边的椅子，在白色睡衣外套一条印花的绿色日式丝绸浴袍，艾丽斯就把剪剩的趾甲丢出去，然后精心地为母亲的手指甲和脚趾甲涂上亮晶晶的绿松石蓝色。

她转身离开，墙上的艺术家温和地目送她离开视线。

艾丽斯走进一间更大的房间。这里是一场被命名为《海景房》的表演。她的母亲如今也能看见海景。她的房间能将沙滩与海面尽收眼底，海面也能将莉迪娅尽收眼底。莉迪娅喜欢坐在窗边。如果她被移到别处，她会吵闹，以一些微小的方式表现出烦躁。如果艾丽斯坐在地板上，将母亲的手放在自己的头上，莉迪娅的手指会有些微微的颤动，似乎想要抚摸艾丽斯的头发。这是她右手唯一能做的事。她甚至握不住一个杯子，拿不起一支铅笔。

"你确定不想回家吗？"她曾问过母亲，但并没有得到回答。哥伦布市的那间住了20年的公寓已不再是他们的家了。父母买下新公寓之前艾丽斯才看到它。从父亲住进去后她再也没去过。他从未邀请过她。

母亲是那种受菜贩子欢迎的人。她记得大楼里每个人的名字，包括来自各家的佣人和保姆。他们在那家牛奶咖啡馆里吃饭时，服务员们会七嘴八舌围上来，知道莉迪娅会点黑豆汤，莱文要点烤猪肉，而她，艾丽斯，则是猪皮鸡，她小时候爱说自己怎么也吃不够。

如今的家已是完全不同的意味了。家是她的衣服和书，书桌边的小窗户，窗外能看到下面的屋顶花园，里面从未有人坐过。每周六晚上的演出后，是例行的橙味酒，周日则是墨西哥煎蛋。家意味着她的大提琴和贝斯。家里的小工作室能在第七大道街面以下，为她的乐队提供一个排练的场所。家是淋浴时的管道轰鸣，是冰箱在地板上的颤抖。

《海景房》中，玛丽娜·阿布拉莫维奇建造了一个由三间白房子组成的家，与艺术馆的墙面连在一起，只能经由嵌着刀尖的楼梯才能进入。通过扬声器，阿布拉莫维奇的声音记录着自己在楼上的

12天里每个脚步和一举一动。“我深呼吸,挺起胸膛。又沉下去。我依然坐着不动。我的脚踩在地板上,五趾分开。我的背挺直靠着椅子,我的头没有动。只有我的眼睛在眨。我的身体完全静止。”

艾丽斯也可以对母亲的生活作类似的描述。她怀疑母亲已日渐远离平凡的智慧。她可能会再次中风。她可能在神志昏迷中死去。没有她,艾丽斯不知道自己要怎么活下去。

莉迪娅每周要做透析。他们已重做了一次血液置换。她看上去就像薄雾一般脆弱。她身上有种平静的感觉,似乎生命将要离去,又或者即将好转。艾丽斯说不清楚。

昨天,艾丽斯在母亲椅边摊开一本全新的鼹鼠皮牌笔记本,还有一支4B铅笔,她知道母亲会喜欢。艾丽斯进来时,母亲没有表现出任何认出或感谢她的神情。直到她的手放在艾丽斯的头上,那么轻柔地抚摸,才流露出在内心深处的某个地方,她还记得。

小时候,艾丽斯的剪贴簿里全是小册子和建筑杂志的剪页,比如水龙头与门把手、墙面和地板装饰板,一些建筑标志还有房屋夜间照明灯、缺乏食物的厨房、没有小玩具的浴室、毫无睡眠痕迹的床。每个生日,莉迪娅都会用硬纸板和泡沫芯为布娃娃做一幢新房子,依据的是艾丽斯最新的灵感:一幢树屋、一所马厩、一幢五层的楼房,一座灯塔。

她用了好久看着母亲从100迈的生活速度降到绝对静止。有一个快莉迪娅和一个慢莉迪娅。慢莉迪娅很多时间都在睡觉。慢莉迪娅躺在床上看电影,与艾丽斯玩牌。慢莉迪娅经年累月住在医院里。慢莉迪娅在艾丽斯放学回家时躺在床上。当艾丽斯发现只有医学知识救得了母亲,她就决心要成为血液科医生。

长岛沙丘后的一个安静的房间里，艾丽斯打开了大提琴盒的匣锁。她从无伴奏大提琴组曲的1号一直拉到6号，母亲始终不声不响，在海边怔坐。

第三十一章

达妮察·阿布拉莫维奇在回顾展里漫步,看着有关女儿生活的照片,她对此一无所知。玛丽娜的生活轨迹遍及各地,除了前南斯拉夫。即便是米洛舍维奇执政期间,她也从不回家。她任凭那个德国佬扇自己耳光,与他赤身相对,跟着他穿越欧洲大陆并把自己的裸体展示给整个世界。可这一切并不能让她快乐。爱是空芜一片。事情总是这样,达妮察清楚。“你想做个女强人?”她问那些从身边走过、并未注意到她的观众,“那你绝不会遇到一个平等待你的男人。你得玩那些小游戏。哼,咯咯傻笑、翻云覆雨,这样他们每次把那玩意儿靠近你的时候,会以为它无比雄伟。事实是男人就是些空心的货色,靠女人来填满他们。真正让我仰慕的男人屈指可数。时间一长,什么男人都会让你失望。”

达妮察俯身看着一张女儿抱着捆柴的照片。“我朝你那部关于塞尔维亚的电影挥拳,它玷污了我们的好名声。那些驼背男人和裸体女人在展示他们的无耻。你对我们的歌曲冷嘲热讽。还有威尼斯双年展的那件事,洗刷牛骨头。他们给了你金狮奖!这世界疯了吗?”

达妮察想起自己公寓里那间给玛丽娜作工作室的漂亮屋子，玛丽娜是怎么把鞋油涂得到处都是。可我供她在那儿生活。达妮察想，那可怕的味道——不过不如威尼斯那一堆牛骨头可怕。

人们对她说："啊，你女儿这么有名。你一定很自豪。"

"我自豪。"达妮察会回答。可她没有说她为何自豪，指的也不是玛丽娜。什么样的母亲会对她自豪？袒露乳房、赤裸着鞭打自己。还有那次在米兰，枪、子弹以及所有他们可能会伤害她的东西。她没被强奸简直是奇迹。

她读过玛丽娜的采访。"我母亲只会在每年生日时给我大三个号的法兰绒运动服。我母亲惩罚我。我母亲打我。我母亲想杀了我。我母亲从来不吻我。我母亲隐瞒我的真实出生日期。我母亲这样，我母亲那样。"

达妮察，以她飘忽的形态，在葬礼第二天玛丽娜清理房间时，就在她的身旁。

玛丽娜找到了那个装着剪贴簿的箱子。

"别打开它。不是给你的。它不属于任何人。"她试图对玛丽娜说。但死亡让她无能为力。

里面是报纸的剪页、杂志的文章，每一篇都标明时间，做了编目和记录。一直持续到 1967 年。关于艺术家玛丽娜·阿布拉莫维奇的每篇报道。甚至是几团小小的皮革品，泛黄卷曲，都被夹在书页里。那是玛丽娜的第一件艺术作品。达妮察没想让任何人发现这个盒子。当时她病得太重，记不得了。

玛丽娜拿出箱子里的每样东西。翻出了战争勋章。读着铁托总统的题词。读着幸存者的来信。而她，已经长大的女人，近 60 岁了，在达妮察的床边恸哭不已。

“你看，玛丽娜，”达妮察说，可玛丽娜已无法听见她的话了，“一个母亲就是一颗心。我生活的每一天，你都在伤害我，用那双乌黑的眼睛。你斥责我。可训诫是唯一能在世界疯狂时保护你的方式。我想它能保你平安。”

从六层楼上，达妮察远远地看着下面中庭里的女儿，独自坐在世界中央。

“你知道我会从燃烧的货车中救你出来。我会把你带去安全的地方。任何你需要的时候，我都会为你那么做。”

爱是空芜一片。达妮察不能飞下去一把捞起玛丽娜，正如她无法游完整条多瑙河。

第三十二章

弗朗西斯卡·兰能听到她丈夫迪特尔,正在用法语讲电话。这是一家欧洲新闻媒体的又一次采访。她削着苹果皮,敞开的门里隐约传来单向的谈话声。玛丽娜已有三个月不曾与媒体交流了,于是迪尔特肩负起了代言的任务。

"双年展之后?嗯,她几乎再也不吃肉了……"

"前乌雷①时期,我觉得她一直在探索如何成为一名艺术家。然后是与乌雷在一起的 12 年。后乌雷时期她有一段迷茫的过程。之后便有了令人瞩目的提升。"

"她自称行为艺术的祖母。而这场秀,将令她名垂不朽。"

"人们会惊讶地发现,她是个非常温和的人。很有趣。难以置信地温暖。迷信。她很宽容。"

"她相信七年轮回的说法。如果有什么事出了问题……那是到七年了。"

现在,迪特尔是艺术界里最具威权的人之一了。超过 60 万人

---

① 乌雷(Uwe Laysiepen),玛丽娜·阿布拉莫维奇的艺术伴侣。编注。

涌入现代艺术馆看《艺术家在场》。名流毕至。莎朗·斯通。伊莎贝拉·罗西里尼。安德烈·古斯基。安东尼·葛姆雷。卢·里德。① 洛福斯·温莱特。比约克。安东尼·赫加蒂。马修·巴尼。② 他的电话一直响个不停。

“是的,获得金狮奖是很高的荣誉……玛丽娜曾看着她的国家在铁托的统治下走向解体。那时她对此的观点表达……”

“是的,《海景房》是她对‘9·11’事件的回应。灾难过后,她想制造一个静止的定点。”

“全是关于精力。人们总讨论她那段极端时期。自我膨胀。但她从未对别人严苛。她只对自己非常苛刻。”

“嗯,一切对路易斯·布尔乔亚都很重要。”

弗朗西斯卡给他拿来一杯新煮的咖啡、一封信和希尔亚斯·布林寄给她的一张 CD。便签上写着:“我想你和迪特尔会对我们为《艺术家在场》所做的一些报道感兴趣。真诚的,希尔亚斯·布林。”

她走开时,迪特尔把手放在她的屁股上。他打开了免提。

弗朗西斯卡并不喜欢阿诺德·基布尔。不过基布尔当然也在宾客名单中。世界上任何艺术事件的宾客名单里,都有他。他的电视系列节目非常火爆,不过当她发现下一部节目有浓浓的希尔亚斯

---

① 安德烈·古斯基(Andreas Gursky,1955—),当代德国摄影师。卢·里德(Lewis Alan Reed,1942—2013),美国摇滚乐歌手和吉他手,代表作《摇滚你的心》。编注。

② 洛福斯·温莱特(Rufus Wainwright,1973—),加拿大裔美国歌手。比约克(Bjork,1965—),冰岛歌手。安东尼·赫加蒂(Antony Hegarty),英国歌手、演员,代表作《卢·里德的柏林》。马修·巴尼(Matthew Barney,1967—),美国先锋艺术家、导演。编注。

风格时，不由露出了微笑。阿诺德看女人时，有种摒弃或将其性感化的眼神。很多男人都是如此且不自知。在电台与希尔亚斯做节目时，阿诺德聪明、好战、自大、恼人。弗朗西斯卡好奇在电台节目之外，他与这位搭档的关系。希尔亚斯的工作表现非常强势。在她的相貌和口音一直先声夺人的情况下，做到这一点并不容易。

"你要了解的是，"迪特尔正在跟记者说，"我并不想声明任何事，我不想从她那儿要走任何东西，因为是她完成了这一切，不过合作令她的工作更完美。有些艺术家比其他人更需要这样。有些艺术家是很自洽的，独自工作更适合他们。而玛丽娜……这不是掌控的问题。我们都在掌控，但合作会产生一种完全不同的探索。我是指接受迈克拉·巴恩斯的邀请，以及选址在纽约州。这本来可能会很糟，但其实并没有。过去的两年内我们一直在削弱它，而它获得了力量。玛丽娜就是如此。这是一段旅程，我们都在其中。她会说她从中有所学。我则从她那儿学到了太多的东西。我是说，就像你会从伟人那儿学到很多一样。"

迪特尔示意弗朗西斯卡坐在他身边。

"你们所持观点不同吗？"记者问道。

"我看世界戴着一副文学的滤镜，期待完型的故事。玛丽娜的方式则完全不同。她是个杰出的思想者。她是感性的。她的回应是情绪化的。不过 25 年来，我想我们都知道，合作比单打独斗的成果更出色。事情就是这样。"

"你是怎么开始对艺术感兴趣的，兰先生？"

迪特尔微笑地看着弗朗西斯卡。"哦，这是个有意思的故事。我小学最后一年有一位老师，斯泰因小姐。她有一次外出度假回来，将她看过艺术品的海报送给我们。我拿到的是贾科梅蒂的《行走的人》。有些小孩哈哈大笑,觉得我倒霉透了。他们中有些人拿到的是透纳或维米尔的作品。而我拿到的是贾科梅蒂。从那一刻起,我便决心进入艺术的世界。”

“玛丽娜没有家人,”记者说,“她与艺术家保罗·卡内瓦里的婚姻最近也结束了。《艺术家在场》对她来说是某种形式的哀悼吗?”

“不予置评。”迪特尔说。

“那么,艺术对她来说比爱情更重要吗?”记者问。

弗朗西斯卡皱起眉头。她想对记者说,事情永远不是选艺术或选爱情这么简单。看看各领域杰出的人吧。人际关系都糟糕透顶。她是世界上最有名的女人之一,她的艺术作品和个人财产价值连城。然而晚上回家时,没有人在等她。

迪特尔没有回答,记者便追问道,她的生活似乎是一种行为艺术的隐喻。没有什么能留下来。

迪特尔说:“哦,我想很多东西会留下来。会有一些书、一部电影要面世。一部纪录片正在制作中。有些我们还无法预见的东西会从这次表演中生发。不过这件作品,我们在纽约现代艺术博物馆看到的这一切,将永不会再现。它极其独特。远超所有人的期待,我想。尤其是玛丽娜。”

百年内,她将占据艺术史中的一页,弗朗西斯卡想,或者半页。而迪特尔呢?他会助其实现。

“不会再重演吗?”

“我不能保证。”她看见迪特尔露出了一个小小的笑容。

“声名一直是她前进的动力吗?”记者问。

“是的,”迪特尔回答,“的确如此。许多艺术家都是如此,只要你问他们,或者如果他们能够诚恳回答的话。”

采访结束后,弗朗西斯卡建议迪特尔邀请希尔亚斯·布林采访玛丽娜,就安排在表演结束的当晚。全世界的媒体都会吵嚷着想采访她的。

“不请阿诺德?他会疯掉的。”

“我觉得希尔亚斯会做得很好。”弗朗西斯卡说。

“好吧。”

她喜欢帮一把其他女人。上帝知道,这世上的女人需要能借用的一切帮助。

她回到厨房,把苹果放进烧开的黄糖和黄油里去。她慢慢地翻转它们,看着白色的果肉逐渐透明。香味溢出来了,她挑了一块在汤匙上吹了吹,舔了一口。她想着日复一日坐在白房间里的玛丽娜。以及,待玛丽娜回家,每个钟头都要喝水以防止日间脱水。现在她肯定全身到处都痛。哪怕身经百战如玛丽娜这样的女人,这项表演依然是个大挑战。

我亲爱的朋友,她想,我会给你送去阳光、蓝天,春日即将入夏了。只剩20天。只有20天了,我会为你办一场盛宴。

她开始在纸上列出她和迪特尔必请的赴宴名单。

我绝不会那样坐上75天,弗朗西斯卡想。我绝不会向世界展示我的身体,也不会拥有一批觉得我又智慧又勇敢的学生。可因为你这样做了,玛丽娜,我也变得更加强大。我每天都更确信这一点。你以你的艺术为生,它和你形影不离。你由此给予我勇气。你是女人,而你真的做到了这一切。不论其他人怎样想,你的性别是毋庸置疑的。

第三十三章

再次加入候坐的队伍时，布里蒂卡在想着她的灵魂。它真的是金叶子包裹的颤动的黑色阴影？她真的吃掉了它？它从哪里来？她把它丢在某处了吗？她想起村上春树的一部小说，里面有个男人的灵魂冻死在一间柴房里。①现在不是做新时代的自我分析的时候。这肯定是幻觉。就那么简单。她得抛开它集中精力。她要完成这75天的观察。讽刺的是她这篇关于忍耐的论文本身将成为一桩忍耐之举。

她已返回阿姆斯特丹面见了导师，也完成了论文的最后一稿。她在当地的兼职中心做了很久，然后订了最便宜的航班去看最后几天的表演。为了《艺术家在场》，她的信用卡已不堪重负。位于46街的那家熟悉的小旅馆也显得不再那么友好。空调的噪音更响，街道上又有了吵嚷声。

对于每位观众来说，忍耐都是必须的。也许，在75天之后，玛丽娜将从忍耐转为另一种状态。3月，阿布拉莫维奇穿了一条深蓝

① 似为村上春树的中篇小说《烧仓房》（林少华译名）。译注。

色的长裙。到了4月,她换了一条同款的红裙。今天是5月的第一天,红色长裙又换成了一条同款的纯白色礼裙。

布里蒂卡想,她已成为自己的一面旗帜。蓝红白的阿布拉莫维奇国度。

阿布拉莫维奇国度,她观察到,已吸引了一支信徒队伍。他们究竟信仰什么仍耐人寻味,可队伍在不断壮大,中庭日渐拥挤。他们为什么哭?他们找寻到宽慰、觉醒或秘密了吗?某件事正在发生。就在那些泪水里。那些坐在阿布拉莫维奇对面的人流下的无尽泪水。

布里蒂卡在队伍里已经等了九个小时,还有四个人排在她前面。她交流了些新东西,发了几封邮件,分享了研究情况,收集了一些引文、观点、采访和故事。昨天她在队伍里坐等了一天,只差5个人就能与阿布拉莫维奇对坐了。

她采访了卡洛斯,他已经坐了17次。他认为坐在阿布拉莫维奇对面,像是一种灵魂的清扫,就像打扫干净一处旧碗柜。

布里蒂卡相信他们很快就会限制人们坐下来的时间。一旦有人坐下超过15分钟,队伍就开始骚动起来。上午10点30分,楼梯上蜂拥的人群变得危险。今天早晨有人试着在混乱中建立秩序,沿着队伍分发号码。她在凌晨5点领到了27号。有些人整晚睡在现代艺术博物馆外面的大街上。他们在睡袋里蹦跳着取暖,嘲笑着自己的目的是多么疯狂而认真。

布里蒂卡再次戴上耳机。她在听"肮脏放映机"乐队的《静止即行动》。她为这一巧合笑起来。也许静止就是行动。一个穿着红白条纹衬衫的年轻人拍了拍她的肩膀,她取下一只耳机。

"你好。"她说。

“我之前见过你，”他说着，在她旁边蹲下来，“所以我想问你：你是不是在做某种献祭？”

“基于什么语境？”他有一双可爱的眼睛。他看起来不像是怪人，不过这可是纽约啊。

“嗯，等着坐到她对面，是某种仪式吗？”

“献祭不是影射某种意义上的死亡吗？”她问。她能看到他衬衣袖子下面的二头肌，还有他随着呼吸起伏的胸膛。

“我不是影射，”他说着，绽放了一个大大的、纯真的笑容，“我说的就是这个。就算是排队等候，也是一种期待之死。而坐在椅子里，是个性之死。人们被困住了。”

“我不确定我们是被困住了。”布里蒂卡说。

“可我在网上看到了你的照片。你看到的东西似乎让你很惊讶。甚至说是吓到了。”

“你是艺术生吗？”她问，有些欣喜但表面依然平静。

“我是个屠夫。”他说，“不过我已经来过好几次。我觉得我不一定会去坐，如果坐了也不赖。”

“你真的是屠夫？”她问。这令她有些失望。不过她转而一想，穿着那样的衬衫，他可能是一个百万身家的屠夫。如某种纽约富二代。

“是啊，我就是。看起来不像吗？”他说。

“不，只是……”

“你从哪儿来？”他问。

“阿姆斯特丹，”她说，“我专程为这场表演来的。”

“我喜欢你的口音。那么你对纽约人怎么看？”

“他们出奇地有耐心。因为我只看到了这场表演里的人。”

他咧嘴笑了。“那我来告诉你吧:我们是诗人。哪怕是地产商、官僚,还有我们这种从布鲁克林来的屠夫,都是诗人。你只需问我们对这座城市的感受,我们便会诗意迸发。那就是我们居住于此的方式。纽约是比巴黎更浪漫的城市。”

“你了解巴黎?”

“我看过电影,”他大笑,“我总有一天会去的。”

他朝着阿布拉莫维奇示意。“那也是为何这场表演在此取得成功的原因。我认为它在其他城市的效果绝不会这么好。需要更多的东西来配合。你知道,多媒体或无论什么。不过它适合这里。它给予了片刻时光,让我们想起自己是诗人,哪怕我们未曾写下只字片言。”他看了看表,“我得走了。”

“跟你聊天很愉快。”她说,希望他不要离开。她可笑地想要吻别他。“我叫布里蒂卡。”她脱口而出,伸出手去。

“也许会再见面的,布里蒂卡。”

“你叫什么名字?”她冲动地问。

他笑了:“查理。”

“你还会来吗?”她问。

“你会在这儿吗?”

“会。我要在纽约一直待到表演结束。”

“希望在那之前见到你。”

第六部

长大成人,成为真正的自己,是需要勇气的。

——爱德华·艾斯特林·卡明斯

第三十四章

午后不久,莱文来到中庭,发现这里已挤满了人。玛丽娜穿着一条白色长裙,桌子被撤掉了。现在只有两张面对面的椅子。情境的亲密性更为惊人。

莱文看见一个穿着紧身牛仔裤、黑色毛衣和白色尖头羊皮靴的苗条女人站起身来。她的脸异常瘦削,走起路来像个舞者。莱文觉得自己似乎认识她。之后坐下的是个孩子。十分钟后,她离开时像刚完成了一场勇敢的表演。能毫发无损地离开,令她如释重负。

阿布拉莫维奇看起来疲惫不堪。除了脖子不易察觉地颤抖,和那么一分钟在椅子里的坐立不安,她整个人都很木然。她的眼皮松懈地半睁着,眼神沉静而疏远。他右边的女人把手指放进嘴里,崇敬地入了迷。

“她是怎么做到的?”入迷的女人对莱文耳语道,“一整天保持静止?”

“她已经如此很久了。”莱文说,感觉自己成了专家。

“从 4 月开始的,对吗?”女人看着他。

“从 1963 年开始。”

他们身后有人大声说起来:“那又如何?她是个真人,对吧?博物馆之后会变成什么样?刷成黑墙?不许说话?”

“嘘。”附近有人说。

“我一直在被嘘,”那男人继续说,“这哪里还是博物馆,这是图书馆。更糟,成了该死的教堂。他们都在祈祷。”

人们从他身边挤过去。在方框区域的另一侧,两个孩子坐下来,双腿像瑜伽大师一般盘着,模仿玛丽娜和她对面的人那样面对面坐着。他身边的女人也看到了他们,她微笑着冲他们点点头。两个孩子十分严肃地坐了几分钟,互相注视着对方的眼睛,然后那女孩忍不住扑哧笑了,男孩也坚持不住了。

莱文在人群中发现一个左臂上有墨迹的男人。从挽起的衬衫袖口下,他认出了一个词:“杀人”。莱文看着安保人员,他们在悄悄说话,不过眼神依然保持警醒。他们会怎么做,要是这个男人直接跑进表演区伤害玛丽娜,掏出一支枪、一把刀,挥舞拳头或双手掐住玛丽娜的脖子?他继续观察那个男人。他又会怎么办呢,莱文,这个没有武术技能、没受过军事训练、甚至没有枪的人,看见这个男人拿出武器要怎么做?他不愿去想自己会落入这般境地。

《河》的配乐已基本完成。或者说已尽其所能了,他还没有拿到最终的画稿,也没有找到合适的管弦乐队。矶田诚治计划6月第1周带着最终剪辑过来,这对莱文来说太棒了,他不想错过玛丽娜表演的最后几周。矶田已给他发来几种无画面的音轨实验小样,超乎莱文的预期,尽管仍缺乏一条贯穿的主脉。不过矶田似乎很乐观。最后,他们决定在纽约录制最终的配乐。在其他地方感觉会很难。

枕头——玛丽娜依然坐在公寓餐桌旁的椅子里。她的羊绒头发如今由三条黑色围巾组成，按她喜欢的样子在脸旁编了辫子。管家约兰达第一次来的时候，把她拆掉了，叠好围巾，靠枕放回沙发。不过第二周他留了便签：请不要弄乱（工作进行中）。之后玛丽娜便一直不受打扰地坐着，每天早上莱文都坐在她对面。

他弹着钢琴追逐音乐穿林、入水、越岭、化鱼。他一路追随着顺流入海，然后发现自己站在一片长长的浅白色海滩上，孤身一人。好在没有神秘的鱼女人把他拉出来丢回河里，他得以自由地游回家。家里只有枕头——玛丽娜和空荡荡的公寓。他也在试图抓住那种感觉。真实的孤独之音。

待音乐在深夜里离去，他打开网络相簿，观看那些曾坐在玛丽娜对面的人。此前，他从未注意到人的面容是如此千差万别。那些差别并不是样貌或肤色上的，尽管也是差别的一部分。主要的差别是人们在脸上流露出多少内心想法，还是压根隐藏起来；他们用激情还是顺从面对外界，带着好奇还是恐惧，而这展示出他们看待世界的整体方式。生活如我们所见，他想。他知道以前的莉迪娅也会被这些面孔迷住。他讨厌用过去时来想她。

那天上午去现代艺术博物馆的路上，出地铁后他跟在一个女人后面上楼梯。她穿着一条长的印花吊带背心裙，天一热似乎所有女孩都这么穿。她的整个后背和胳膊都刺了绿色葡萄藤和黄色花朵的文身。然而，当她转过头来，他吃惊地发现她的脸憔悴而冷硬。他立刻想到她可能是个吸毒者，又想起哈尔曾告诉他，真正的穷人已无法在曼哈顿生活了。曼哈顿如今只属于富人。也许她是富贵人家的女儿，或是一个著名艺术家的前妻。尽管如此，精美的植物艺术与疲倦、颓废的面容之间强烈的对比在他脑中挥之不去。在选择那些图画时她是怎样的人，相比起来，如今的她又是谁呢？

他的目光回到那个胳膊上有“杀人”一词的男人。接着莉迪娅的声音清晰地出现在耳边：“阿基，你只看见了最后一个词。不是整句话。其实它是：‘不可杀人’。”

他飞快地眨着眼睛。当然不会是莉迪娅在跟他说话，不过那声音太逼真了。也许她是对的。有哪个决定要公开杀戮的人会如此仔细地熨好白衬衫？

当天博物馆闭馆时，玛丽娜还活着。什么事也没有发生，那个穿白衬衫的男人几个小时前就不见了。莱文坐上A线快车，不过没在西4街下车，而是继续坐到了运河站，走到河边。他在那儿的一条长凳上坐下来，看着轮渡和货船。

母亲去世后，他与祖父母一起生活。祖父将戴夫·布鲁贝克、奥斯卡·彼得森、亚瑟·泰特姆二世、比尔·伊文思等人介绍给他。祖母也热爱音乐，罗杰斯和汉默斯坦、吉伯特和苏利文都是她的心头好。祖父母两人都鼓励他坚持作曲。高中在阿灵顿做兼职服务生时，他爱上了电影原声音乐。他喜欢莫里斯·贾尔为《阿拉伯的劳伦斯》和《日瓦戈医生》作的配乐，约翰·巴里为《生来自由》作的配乐，以及邦德系列的所有电影配乐：《诺博士》《金枪人》《霹雳弹》《金手指》。还有伯纳德·赫尔曼为《迷魂记》《西北偏北》《惊魂记》作的配乐。他每天回家后就练这些曲子。把它们拆开，重组。学习其他乐器。祖父教会他打鼓和萨克斯管，他自学了吉他。祖父说他让所有东西都很好听。祖母则告诉他，朋友会自己出现的。

之后，莱文拿了茱莉亚音乐学院的奖学金。他在一个学生活动上遇到汤姆·华盛顿。汤姆当时是李·斯特拉斯伯格戏剧学院的演员,想改行做导演,正在找人为他作曲。他们合作的头两部短片没什么反响。汤姆的创作能力并不突出,所有的电影特效也是他们自己做的。不过汤姆对电影的热情,与莱文对音乐的热情一样强烈。第三部是18分钟的黑色喜剧电影,表现一个哑女试图帮男友逃出监狱的故事。它进入了电影节角逐。获得戛纳电影节提名,并在多伦多电影节上拿了奖。人们盛赞影片配乐。来自洛杉矶的一个经纪人想与他签约。汤姆收到一部剧情长片的邀约,他坚持要签莱文做配乐。影片预算远远超出他们两人的设想。这首部长片在圣丹斯电影节上获了奖,在柏林电影节上获了奖。奥斯卡电影节提名了莱文的配乐,汤姆的剧本则获得最佳原创剧本提名。主演拿了最佳男演员提名。他们那年并没有获奖,不过汤姆已然成了炙手可热的天才少年,预算越涨越快。

莱文是在他和汤姆工作的录音室遇见莉迪娅的。她替父亲来考察它有无投资潜力。当时他正坐在里间小憩,汤姆在打电话。莉迪娅说自己眩晕,需要一个安静的地方坐下来,询问可否在这里待一小会儿,因为卫生间让她感觉更糟。

那时她是纽约大学建筑专业二年级的学生。他问能否给她打电话,确保她平安到家。她把号码给了他。他打过去,希望一起喝杯咖啡。她同意了。他通过她居住大楼的门房给她送了花,门房是巴西人,非常乐意参与这场小小的浪漫之举。他晚间再次给她致电,为她弹奏钢琴直到她睡着。她说:“你过于美好了。你不知道我会有多麻烦。”

婚姻就是一连串的日子,莱文想。他在清晨想念莉迪娅。先想她的内裤,然后是她的文胸。很少有其他的。想她站在晨光里,脱掉入睡时穿的长T恤。有几年她一直在胸前扣好勾扣后，再把文胸转过去，罩住乳房。之后，他发现她不再这么做了，而是像电影里的女人那样：从胸托里掏出乳房，再摸到后面，从后翼的地方拉紧勾扣。文胸的面料如此之多——不透明的和透明的、绣花的、斑点的、条纹的、柔软的、塑形的、蕾丝的、丝质的，黑色、奶油色、红色和橙色。日复一日，她将自己完美的、盈盈一握的乳房倾入雕花的织物里。他愿意做任何事，只要能一整天握着她的乳房。

他想起，自己几乎从未在她穿衣和脱衣时抚摸过她。那时的她看起来不可触碰、遥不可及，只可肃穆地瞻仰，偶尔朝着长腿和臀部瞥上一眼。

这种时候他一般会听布莱恩·伊诺①的音乐。闪光般的乐声，阳光洒满全屋，清晨的质地源于羽绒制品的重量或是尼龙制品的静电。莉迪娅本来并不是个喜怒无常的人。恰恰相反。她有某种乐观主义的精神，他喜欢。他也需要。静电是他带来的。

"我有血液问题。"莉迪娅在他们见面的第一天就说了，为了解释自己的眩晕和手臂上被他注意到的红色斑点。那时，就在那间小屋子里，莱文已清楚自己想要她。

他第一次求婚时，她说："我觉得我不该结婚。我的病是遗传性的。我母亲因此去世。你要知道这会让事情变得多难。我并不想让你经历那些。失去母亲，我父亲整个人都毁了。医生也一直说，我生孩子会非常危险。如果有一天我需要做手术……哎呀，太糟了。"

"我会照顾你的。"他说。

---

① 布莱恩·伊诺（Brian Eno，1948—），英国歌手。编注。

他们结婚了,一年后莉迪娅出乎意料、忧心忡忡地怀孕了。风险很大,不过她从未考虑过流产。

“这是命中注定,必然如此。”她说。

于是艾丽斯,这个命中注定的孩子,出生了。出生的过程称得上是世间最顺利的。

同一年,莱文的祖父母去世,两人相差不过几天,似乎他们是一个风筝的首尾两端,发现了通向自由的路。之后的几个星期,他频繁地弹贝多芬的《第五钢琴协奏曲》,以至好多年里,艾丽斯一听就会睡着。

待在这里,听着这样的声响,莱文想,伴着天色向晚,哈德逊河变成青灰色。交通的隆鸣、风的盘旋,路过的慢跑者、推着婴儿车的父母、玩轮滑的人、情侣,这条大河流逝不停,汇集入海。他身后的城市已灯火璀璨。生活就是莱昂纳德·科恩的歌本,他如此判定,苦乐参半的爱情,稍许性爱和片刻间的上帝。然后生活又在继续。你搞定了爱情,性来了又走,你忘了还有个上帝。

也许忽视是一门被低估的艺术,甚至是一种关键的生存技能。忽视弹伤,你就能支撑着走进医院。忽视电话铃声,你就避开了新消息。忽视记忆,你就不会受伤。

他猜想,除了圣诞节以来一直缠着他的“停”标志,什么地方还会有一个“行”和“左转”标志。只要他能在余光中瞥见它,他就要跟随它走。要是有只白兔子出现,他也会追在它后面。只要莉迪娅回家,恢复原来的莉迪娅,他就会知道自己该做什么。

第三十五章

回到佐治亚州，简·米勒通过网络摄像头观察着中庭的情况。镜头对准的是方框的地板处。简只能看见远远角落里的脚、交错的腿、等候者之间散落的包袋。此前，她收到了马修——那个穿着破烂鞋子的律师，发来的一封邮件。信写得温馨又有趣。之后是布里蒂卡，那个正攻读博士学位的荷兰女孩发来的一则短信。下个就排到我了。好紧张。

我是集体的一员了，简想。她看不见队伍，只能看到正坐在玛丽娜对面的那个年轻姑娘。她先是交叉双臂和双腿，又松开来。她先是靠前坐，又退回去。她挠了挠手臂，再次交叉起来，不过她依然坐在那儿，似乎玛丽娜是一场沉默的意志力比赛中的对手。女孩把手放进口袋。她动了动身子，又交叉了双腿。

“你到底想证明什么？”简大声问，“为什么感觉不舒服还要坐着？”

不过尽管焦躁不安，姑娘还是坐着，似乎在用一种赌气的目光回击着玛丽娜的凝视。反之，玛丽娜则不论发生什么，都如磐石一般。简更近地盯着女孩看。她看起来很眼熟。简打开她从博物馆商店买到的一本关于这场表演的专刊。逐页查看,发现一个女孩跨坐在自行车座上,高悬墙面,手臂向外伸着,几乎全裸。看起来很像是那个坐在椅子里的女孩。这女孩是玛丽娜作品的再表演者之一吗?或是经玛丽娜专门训练的30人左右团队中的一员?

媒体报道了一切,单单略过了这些再实践者,声称这些年轻人缺乏玛丽娜和乌雷首演时散发的魅力。也许这个姑娘在外套下面依旧是裸体,随时准备继续她的表演,简想道。

姑娘最后有些气恼地转动身体,站了起来。很快,布里蒂卡取代了她。不会弄错的,她有那标志性的粉色波波头。

电话铃响,简接了起来,"嗨,鲍勃,我正忙着呢,"她说,"5点可以吗?太好了。到时见。"

布里蒂卡镇定地坐在玛丽娜对面。玛丽娜抬起头,布里蒂卡脱掉夏装,全身赤裸。

简睁大双眼,不由得"噢"了一声。

顷刻间,保安们一拥而上,把她从椅子上架走了。他们走出网络摄像头的范围,她看不见了。

少顷,一个年长些的男子代替布里蒂卡坐在桌边。玛丽娜刚才低下头,此时又抬了起来,目光锁住那个男人,表演继续。

布里蒂卡刚才在想什么?简很好奇。她确定布里蒂卡被带去了某处,并将被指控……什么呢?当众裸体?猥亵行为?可是楼上就有裸体的人们啊。简希望他们能让她把衣服穿好,保持尊严。她好奇有没有人鼓掌。她想打电话给布里蒂卡,可是该说什么?你在想什么呀?但那正是简想知道的。

下午5点,她见了鲍勃,他们的农场经理。两人一起研究了农场上个月的业绩。自从卡尔的病确诊，她非常重视每天给棉花打的化学药剂。已知会在鱼、鸟类和人身上引发癌症、肿瘤和基因突变。这是她和卡尔经年坚持抗争的为数不多的几件事之一，但是当他得病之后他们就停止了。她想着他们的工人，不知道自己还要继续这么干多久，只是因为世界需要棉花。她曾对鲍勃说过用有机药剂的事。

大女儿打电话来请她去吃饭，简很乐意。天气又热又闷，而一个人可做的饭菜又感觉可口的，不过寥寥几种。

稍晚回家时，正是傍晚初凉，天上满月生辉。家里没有比她离开时更热闹。房间没有更拥挤。床铺没有更凌乱。她把两个靠枕从沙发扔到地上，让房里显得像是发生过些什么。刚从她女儿的家离开，里面还有三个吵翻天的小孩子，这对比让人难以忍受。简从未想过自己会想念电视里播放球赛的吵闹声和喧嚣声。还有厨房桌上的电子表格，卡尔会让她看看统计数据，因为他怎么也加不好。

她又坐在电脑前看最新的收支情况，估算着成本的上涨和政府补贴带来的新增收入。过了一会儿，她再次打开现代艺术博物馆的网站，查看最近坐过的人的照片。这种表达是如此惊人地直白，她想。就像今晚的月亮。和盘托出。尽管种种迹象证明，生命已存续很久很久了，仍没有人能参透它的秘密。我们看起来都完全一样，但个性又神奇地千差万别。事实上，作为人类，我们的身体不同，却有着共同的心理动机。

她想知道，自己没去坐是不是有点傻。她觉得自己并不缺乏勇气。不过她做过真正勇敢的事也屈指可数。三次生育。埋葬了卡尔，几乎是看着他入土。她觉得只是站在那儿就痛得要撕裂成两半了。

她想着玛丽娜和乌雷怎样走过长路互相告别。事实上,他回来过,就在《艺术家在场》表演的第一天,坐在了她对面。那让她极为震动。照片里有乌雷的脸。眼中有着调皮的神情,还有一种旧爱心照不宣的模样。

她可以飞回去看《艺术家在场》最后几天的表演。不过现在开始规划有点太迟了。下周有个股东会议,她在那家公司投了不少钱。然而,她生命里头一次感到如此坐立难安。

"也许我应该像玛丽娜那样行走。也许行走会有帮助。你觉得去行走如何,卡尔?不过不是朝着对方走。我们两个沿着同样的方向走。"她看着桌上照片里他的面孔说。

现在流行的西班牙徒步怎么样?你记得的——上周电视播这节目的时候我跟你说过。我们可以试试。这么多年以后,我又可以做个小天主教徒了。来趟徒步没准对我们都好。

一年里的这个时候,路上会很拥挤吗?她这时出发合适吗?也许她该等到9月,天气再凉爽一些。她要走到世界的另一端去。她需要一家旅行社和一本护照。而在西班牙徒步真的是她想做的事吗?是的,她决定了。我觉得就是如此。卡尔去世有一年了。这是某种周年纪念的方式。

脑中盘旋着这些想法,她向卡尔道了晚安,然后弯腰吹灭了他照片旁玻璃罐中的蜡烛。

第三十六章

玛丽娜从东边的山海关出发,中国人认为龙脉的源头就在黄河里。它本来是场结婚仪式,如今,13 年后,依然没有完成,而这件事曾如此紧密地将他们联在一起。

规划这件事用了八年。书信与许可,签证与现金,外交手续,荷兰与中国,国际文化交流,路线,再次确定路线,争吵,官僚,飞机与卡车,政府宾馆,不许露营。

他们想要安静和独处。就像他们在澳大利亚沙漠里星空下的夜晚,只有最少的同行者,以便不打扰他们个人的、冥想的漫行。然而真正的独处时间非常少。只有驾着货车从某个隐蔽而必需的角落出发后,她在行走,摄影组走到前面或跟在后面,设法捕捉到影片需要的每天他们最终抵达长城某处的场景,之后她才有时间与自己,与这个古老的地方,与这片土地相处。这种时刻,天空、小径和辽阔感令她感到渺小,有时也让她松弛下来。

乌雷是从龙脉的尾尖——嘉峪关出发的,那儿是一片荒凉的戈壁。她无从得知他是否也经历了官僚主义的混乱无常。她与乌雷及其团队都没有联系。

她一度认为乌雷与自己是完美的雌雄共同体。她的创造力和心灵的共同体。朝对方走去,原意是想表达被对方的磁力所吸引。如今他们抵抗着将其分开的磁力而行。

尽管如此,他们都认为这样做是合适的。徒步走完这段神秘的,龙、神明和荒野之人同在的旅程。中国人说,龙连接了大地与天空。长城则是参照银河的样子修造的。所以他们也是在星辰中漫行。

从东边走来,玛丽娜需要经过游客云集的一段长城。他们对她并无兴趣,更专注于在巨大的石建背景里互相挤来挤去。她轻按相机,刻下一路之旅。她登上蜿蜒的长城,无尽的台阶,古老的悬崖。她带着黄铜碗穿过烽火台以求心灵净化。她走过地龙与天龙的脉轮点,沿途人们的生活方式越发落后。

每一天,都有中国的官员和办事员陪同在侧,进入新的省份后还会有新的人加入,他们都坚持每份文书要签署一式三份,每一天都以会议开始,以会议结束。这让她精疲力尽,她缩回下榻的酒店的毛坯房间,逃避那些讨论和争辩。

白天,她用身体丈量土地。感受着城墙外那种辽阔、壮美和贫困对她的冲击,眼睛湿润。一步又一步。每天早上,她的腿都带着前日行走后的僵硬。她尽可能早地出发,希望赶上日出,拥有纯粹臣服、祈祷和沉思的时光,那是她梦寐以求的。

很快,长城上的拥挤减少了,对她而言,游客有如蒸发,城墙上只有自己。她穿红色。乌雷穿蓝色。红龙与蓝龙。他们是为影片画面而穿,也是为他们的性格、为个人的神话而穿,他们这些年里扮演了二元神话。时间流逝,她感觉自己已忘了他是谁、出了什么问题,甚至他们为何要行走。有些日子,她从未有过地累。

她想看到他向自己走来。她想让他抱住自己。她希望两人同行,而这里只有自己。她迈出的每一步都更靠近他,更靠近重逢的终点,合作的终点,联系的终点,还有爱情的终点。

有时,她脑子里只有迈步、迈步、迈步。每一步都比前一步更难。她试图登得快些,可是在粗粝的小径、年久失修的城墙上,她只能手扶着摸索、打滑、跌倒。

玛丽娜和乌雷,红龙与蓝龙,继续前行。如今他们相距1200英里。

玛丽娜处在完全陌生的地方。她感到害怕,以及幸福。这正合她意。身处未知之中。身处恐惧的另一边,一切皆有可能。她正在放空自己。忍受长途汽车的几个无聊小时,吃完糟糕的食物后睡在硬床的夜晚——这一切都令她放松。她的身体脱离感觉的依附继续前行。也许她曾是风,或某个御风者,她不知道。又或者是风在御她。

她为何爱上乌雷?他们之间为何有那么强大的力量?他们的生日如何会在同一天?他们遇见的时候如何头发上都插着筷子。如何她感觉已认识了他一生?似乎她曾爱过他,又一次次地伤害他,似乎她的爱足以摧毁他。究竟是什么?她的愤怒与痛苦、悲伤与空虚,究竟是什么?由于他们曾经历的一切、他们走过的地方是这样成千上万英里的旅程,她不知道该如何放下,继续生活。

几周过去了。数月过去了。一千英里。五百英里。糟糕宾馆里可怕的环境有种反差感。这将她带回那个控制、限制与腐败的世界,她时时刻刻想要逃离的世界。不过她依然行走着。想甩掉每天的麻木感，用这片土地纯粹的壮美，还有建造这座城墙、多少世纪为保卫国土而战斗的伟大的人类灵魂。

她原本可以是另一种女人。她原本可以有个孩子，成为妈妈，妻子。可当时她并没有那种想法。她不想要。他们没有这样选择。她没有这样选择。她喜欢这样的生活，这种只为自己的生活。如果那是自私的，如果那是一条更难的路，那就如此吧。她可以独自去做。她能再上一级台阶，再一级，再一级。她没有可见的未来。就像他们为城墙开凿出的台阶，她也可以为自己开凿出来。一面过去，一面未来，一面天堂，一面地狱，一面漆黑，一面洁白，一面黑夜，一面白昼。生活是有两面性的。她以为她找到了自己的另一半，其实他不过是无数个一半之一而已。她能在他身上看到并不和善美好的地方。这激怒了她，刺痛了她。她能看到他本可以成为更好的样子，可他并不愿意。只有她想要如此。

“你不能为了我可能的样子爱我，玛丽娜。”他说过。

那是她已经找到的。你可以如此用力地爱一个人，爱到他让你感到陌生。

两百英里。一百英里。五十英里。二十英里。十英里。直到只有一英里了。

他的团队先过来告诉玛丽娜，乌雷找到了最佳的见面地点，再前面一点，所以他先在那儿等着了。就像之前一样，为了见他，她要再爬一些台阶，再走一英里。向上，向上，她向上走着，一级又一级。她想自己有多恨他，让她又走了这么远。他就不能相信，无论他们在什么地方真实相遇，总有最佳的摄影角度吗？

她来了，像新娘一样向他走去，可她不是新娘，他也不是新郎。

她深呼吸,放下一切。放下吧,玛丽娜。下面有条美丽的河,还有大地和天空都在提醒,每样东西都在每时每刻改变着,而你和你的感觉在这里不值一提。

他来了,穿着他的蓝外套,蓝裤子。一条蓝龙走向她这条红龙。他站在一个烽火台上,她站在另一个。她能感觉自己的身体在微微颤抖,这最终几级台阶耗尽了她最后一丝力气。向下,她向下走着,朝着那座桥。向下,向下,他向下走着,朝着那座桥。红龙。蓝龙。

太阳要落了。大地如黄金灿烂,天空如紫晶闪耀,河流如水银泄地。过去已被他们丢在身后。她啜泣了。某些干涩生猛的东西翻涌上来。他在那儿,她的前方,他的脸,他可爱的面庞,他在微笑,她想抱住他,想被他抱住。可是相反,她伸出手去,两人碰了碰手指。以这样的方式最后一次肌肤相触。之后他给了她一个最简短、最敷衍的拥抱。

这,她想,是无法言喻的悲伤。这是告别。她看出——从他的眼睛,他的大笑,他和同事的玩笑——这对他是场表演。他早已远去。而这曾是她的心。

第三十七章

莱文沉浸在中庭安静的嘈杂中。一天天过去,有种深沉的光笼罩着玛丽娜,似乎她体内正孕育另一个生命。

“你觉得她能完成吗?”一个女人问道。

“我确信,”她的男伴带着法国口音回答,“我也确信哪怕她因此而死,也会非常平静。”

莱文同意。玛丽娜看起来对死亡毫无畏惧。莉迪娅会宁愿死掉吗?这念头像一记重击。也许她真的宁愿死掉。也许她已经在计划死亡了。也许已经拟好了几套方案,只等她签署法律协议,除了自己的意志以外,她从不觉得任何事是真正必要的。

或许她给了他自由,并不仅仅因为这对他是最好的选择。也许她自己也并不想面对这一切。或许她也设想过逃离自己,与失去的一切自我了断。与他了断,这个爱她胜过所有人的人。也许她在汉普顿并不像在这里一样勇敢。也许她吓坏了。也许,生命里仅此一次,莉迪娅力不从心。也许她真的需要他,可没办法让他知道。哈尔是对的。他有选择。也许莉迪娅却没有。她签了自己的选择。她坚持由她自己面对。

他想到,她从未叫过水管工,因为她自己就能修好管道。作为拥有一笔可观的信托基金的女孩,她想自己设计他们在哥伦比亚公寓的厨房,选购所有配件。她修好了浴室的瓷砖。她重装了灯具,贴了墙面壁纸。工作中她源源不断地雇佣着专业人才,可在自己的生活里,她毫不留情地独立。

她需要他什么呢?夜里床上一个温暖的身体?当她从布宜诺斯艾利斯或马德里打电话回去,能听到电话那头家人的声音?当她和艾丽斯出席公众场合时,能让画面更完整?那些学校的事务——参加开学和颁奖典礼?

不,不止是那样。他不会否定这 24 年的时间。“你是我的音乐。”当她下班回家,他弹奏钢琴的时候,她曾说过。

而她也一直是他的音乐。亲吻莉迪娅令他身体的每个细胞产生共振。可不知怎的,他们不再那么接吻了。有时他有点害怕自己娶来的这个自信女人。有时他觉得自己配不上她。有几次,正在做爱时,当他想到如果自己吻她,真的吻到她,他会彻底消失。

他们做爱时,她会幻想其他男人吗?他不敢问。她对他忠实吗?他不知道。除了旅行在外,她总会回家,也总是要他。

他曾对她不忠吗?是的——两次。几年前与哈尔一起去阿斯本滑雪的时候,他嗅了递到他鼻子底下的鬼知道什么东西之后。他一想到这事就很尴尬。一切在几秒钟内就结束了。他记不起她的脸;只记得他撑在公园黑暗角落墙上时手指下的砖块。另一次,是和一个他刚认识的男人。那次是在洛杉矶的一次聚会上,又一个嗅了某种润滑粉的夜晚,在黑暗的卫生间里。他那时太年轻了。从那以后他再也没碰过毒品。他从未告诉莉迪娅其中任何一次。他将此深深地埋在心里,希望不会在得阿尔兹海默症后自我坦白。

他想念莉迪娅暖和温柔的嘴唇，她的舌头在他的嘴里扭曲、搅动、包围的感觉。他想念看进她的眼睛，看见她的笑容。他想念两人的身体火热、松弛，共同达到高潮。还有灵魂，他想到，尽管他从不喜欢这个词。他对他们的婚姻有信念，尽管这听起来有点宗教味，其实并不是。他从未想过，爱莉迪娅这么一个简单的承诺，会变得如此复杂。

如果两个人抓着峭壁吊在那里，其中一个失去了信念，难道另一个人不应该告诉他们两个，一切都会没事吗？也许莉迪娅就在汉普顿的峭壁上。她告诉他要爬上绳索。爬呀，阿基，爬！她希望他救下自己。他做到了。他爬上去了。可她还挂在峭壁。也许她一直在等他。也许她在等着他回来，拉她上去。或至少在她摔下悬崖时道个别。也许她坚持了这么久，就是期待着他从悬崖上探出头来，对她说，“我来了。我来救你”。

第三十八章

黑暗中,达妮察·阿布拉莫维奇仔细看着回顾展,观察着 1972 年在那不勒斯那场表演的物品清单。枪。子弹。蓝颜料。梳子。钟。鞭子。袖珍刀。绷带。白颜料。剪刀。面包。红酒。蜂蜜。鞋。椅子。金属矛。一盒剃刀片。外套。白纸片。帽子。钢笔。

一共 72 样东西。

羽毛。拍立得相机。玻璃杯。镜子。鲜花。火柴。

还有说明:桌上有 72 种物品,可随意对我使用其中一种。

第一次听说女儿已完成的这件可怕的事——给观众机会伤害自己——的时候。达妮察崩溃了。

"这太过头了。你为什么要这么做?"她问过玛丽娜。

"我要去理解。"

"理解什么?你那次已经差不多要死了,就在贝尔格莱德这里,差点被活活烧死,现在你又要让自己差点死在意大利?"

"我不得不这么做。"

"你给了他们刀,一把上膛的枪?"

"我没有上膛。子弹是单独的。他们必须自己选择把子弹塞进弹膛里。”

“拿枪指着我啊！扣动扳机。我们看看会发生什么？”当时达妮察吼了起来。

“不是这样的。”玛丽娜几乎是耳语地说。她低下头。

“这不是艺术！它不是艺术！”达妮察吼道。

许多母亲都不理解自己的女儿。达妮察有好几次撞见同事们在讨论玛丽娜刚刚做的事情。她一进屋，谈话就止住了。

玛丽娜有一次说，“恐惧让我自由。你教会我的。”她把头埋进达妮察的肩膀，就像个普通女儿那样，两人都笑了。

可是玛丽娜体内有场战争。晚些时候达妮察曾问她，“即便你不带着这些武器躺在桌子上，世上的暴力也已经够多了，你何必还要增加呢？”

“你看看照片里的那些人，”玛丽娜说，“每个人都在被迫思考。他们被卷入一场集体的行动中——就像士兵。你知道那种事情的。”

“你接受了指令。你要执行。”

“我给了他们指令。他们也的确执行了。一旦他们意识到自己可能会成为什么样的人，他们就绝不会忘记那个房间，以及他们是谁。有些男人走出房间，知道自己是恶人。有些女人确信自己不会怂恿男人作恶，直到她们有了这样的机会。当表演结束，我开始走动，他们都逃开了。他们尴尬，而且害怕我。也害怕自己。他们永远也不能假装自己不会参与作恶了。”

达妮察摇摇头。“这样不对，玛丽娜。你选择的这种生活。让我感到羞辱。”

“他们也可以选择面包、红酒或油，”她说，“蜂蜜、蛋糕、鲜花。”

“你真的认为他们会给你做按摩，为你的健康干杯吗？”达妮察叹口气，坐下来，擦了擦额头，“记得罗什福尔，那个法国律师吗？‘我并不否认我的当事人携带了一枚炸弹。但这并不能证明他会使用它。毕竟，我总是随身携带着足够犯强奸罪的所有要件。’要是房间里全是和平主义者，你会多失望啊。”

这时玛丽娜惊住了她。她说：“我从未想过他们可能杀了我。”

“可……”

“现在我理解了。”

之后，玛丽娜离开贝尔格莱德，跟那个德国佬在一起。达妮察绝不能接受德国佬。

这段感情最终并不顺利。他们在中国完成了那次徒步。某种盛大的浪漫之举。对此她也理解。3000 英里足够放开某人了。她会为了瓦乔做任何事。甚至是杀了他，只要那意味着他会永远爱她。不论其他人是否明白，她知道那就是玛丽娜做的事。她让那个男人永远属于她了。还有什么女人能比得上她？有什么女人会为了他走 3000 英里？

达妮察用幽灵的方式安静地吸了口气。

第三十九章

阿诺德·基布尔表达了有兴趣与玛丽娜·阿布拉莫维奇同坐的想法后,他被邀请进入一间绿色贵宾室,直接等待10点30分表演开始。10分25分,基布尔被迎入大厅,他惊讶地看到下面大厅里的人群如此热切。楼梯上的喧哗声有如龙卷风。他能听到有人不停地、令人恼火地大笑,过于兴奋地讨论,白墙嘭嘭直响。演员詹姆斯·弗兰科在他身旁。他们都被邀请进了绿色房间。他挺欣赏弗兰科——尤其是他最近出版的短篇故事集——也如此告诉了他。弗兰科看起来很高兴。他请基布尔第一个去坐。基布尔有些好奇,他坐下的时候,玛丽娜会不会流露认出他的神情。

有一瞬间她黑色的眼睛看着他,就像他是一张崭新的画布,然后她眨了眨眼,眼神凝固了。感觉像是有盏聚光灯打在他身上:阿诺德·基布尔的活样本。开始,他只能感觉到硬邦邦的椅子,她耀眼的白裙,她的脸散发着光芒,似乎由伦勃朗画就。之后他感觉她意念中的镜头在向他提问。他想象,这个提问是这场坐着的游戏的一部分。有关镜像的游戏。尽管如此,他仍饱受其扰。她沉默着,而周围的一切都嘈杂不安。她想从他这儿得到什么?方框的区域好像扩大了，人群的噪音远去，似乎他和玛丽娜正待在水下。

他想到他的妻子，比阿特丽斯，自从他拒绝要孩子，他们之间越发冷漠。他娶她之前，两人已就不要孩子达成一致了。女人总是习惯性地改主意。可他不会。已有过好几次。她费尽心机。他真的很钦佩她要将一个小基布尔带到世上来的决心。不过还没有钦佩到同意这种事发生。他已做了结扎手术，彻底断绝这种可能性，之后才告诉了她。他曾好奇她是否会离开他，他猜不会。猜得没错。她宁愿让他看她为此受苦。如今，因为她永远不会有孩子，那么她要买衣服、珠宝，还要休假，这是他欠她的。

他要问的不是丁克——即便玛丽娜选了这个。是意义。什么是有意义的？夜里醒来时，他不想碰比阿特丽斯。近来，他想要的是希尔亚斯·布林。他很困扰。

他不愿这么想下去。他想把希尔亚斯当作另一场韵事。与发现一座新葡萄园或一个产好酒的新年份没什么差别。或是一个新艺术家。一辆新摩托车。他们的关系无关紧要。是艺术的指引。他已经有了一位高雅的夫人。他将自己的生活安排得有如一家精致完美的博物馆。

他感到有一滴泪滑下脸颊。他眨了眨眼，有些困惑。他伤感了吗？然后他低下头，站起来，两手捂住脸，擦擦眼睛和脸颊，转身走向站在安保人员旁边的詹姆斯·弗兰科。

第二天晚上，基布尔查看网络相册，看到自己坐了八分钟。照片抓拍到那滴泪在他颧骨上闪光的瞬间。他可能得对此作出回答。他是被表演感动了吗？是的，他会回答。我觉得它很动人，不过仍然令人费解。比阿特丽斯看到照片，可能会猜想他后悔了。可他并没有。后悔意味着要回想过去。十年的心理治疗已教会他，回想过去是门昂贵的爱好。

他那时到底在想什么？他盯着照片，浓厚的波浪发、高耸好看的鼻梁，他收紧下巴的样子，眼神中的不确定。他不认识那一部分的他。他从不认为自己是那种自我放纵的蠢蛋，他因此才成为今天的样子。任何人，任何一个孩子，那些与希尔亚斯·布林的欢愉，与玛丽娜·阿布拉莫维奇在一起的八分钟，哪怕是比阿特丽斯要离开他，都不能改变这一点。

他在自己公寓门厅里的一条长凳上坐下。从这里，他能越过盆景花园向外看，再向外，是哈德逊河。他坐了一会儿，直到他点点头，似乎与某种无言的东西和解了，然后转身走进卧室。

第七部

正视你内心存在的东西。

——安德烈·纪德

第四十章

如所有成年人一样，玛丽娜·阿布拉莫维奇的身体由 43 千克氧气构成，其中大部分稀释为水的形态存在。她体内还有寻常分量的氢、碳、氮，以及存在于骨骼里一千克左右的钙。除了这些主要元素，人体内还有少许其他元素：大约 750 毫克磷、140 克钾、95 克氯，微量的镁，以及更少的锌。此外，还有银、金、铅、铜、碲、锆、锂、汞和锰。甚至还有一毫克左右的铀。人体就像是一部有关大地、空气和水的咒语。

透过汽车的有色窗户，她看着纽约晚上 9 点的日常。两个穿着高跟鞋的女孩各抱着一大盆开花绿植，像是从一部法国电影里走出来的。三个穿紧身牛仔裤、戴墨镜的男人看起来像是《名利场》的活广告。有一瞬间我听见她在想，毫不夸张地说，现实真是难以忍受。交通灯和人群。各处正在被修复和重新粉刷的建筑外支起的脚手架。巨型广告牌上的新公寓广告。新出的香水、电影和电视节目。每日每时都有新东西。漂亮的美国奢侈品引人沉迷，如此诱人又如此危险。

玛丽娜像其他人一样喜欢奢侈品。她喜欢漂亮的面料和美好的食物。简单的东西最难获得。她想到了克劳斯·比森巴赫①,是他邀请自己在纽约博物馆创作了这次表演。几年前玛丽娜和克劳斯曾是情侣。他依然爱着她,她也是,用人们相爱的所有方式。他是最好的策展人之一。他让这个想法成真。你可能会以为他有一座装满艺术品的大房子,并不是。他住在一个世上最简朴的公寓里。拥有曼哈顿最佳的视野,却家徒四壁,没有一幅画或一座雕塑。如果他每天都在世界上最好的一座艺术馆里,还需要那些东西做什么呢?他问。确实如此。

玛丽娜16岁时,达妮察请了一位艺术家教。他很矮,穿着红色外套,黑色胡须。此前,她的家教名单已有长长的一列,达妮察曾希望他们让小玛丽娜学进一点令自己骄傲的东西,他是最后一个。刚开始,她希望玛丽娜当个画家,然后是语言学家。后来是历史学家,之后,作为最后的指望,一个艺术家。小个子男人或许对这种类型的母亲有所了解。待门关上,单独与小玛丽娜在一起后,他并没有拿出纸和铅笔。他展开一小块画布,钉在地板上,然后朝上面挤红色、黄色和蓝色的颜料。他又刮掉上面的颜料,直到画布变成一团棕褐色。从一个玻璃罐里,他倒出沙砾和碎石在画布上,又刮啊蹭啊的。他拿出一把小剪刀,剪下自己的手指甲、头发,也把它们一股脑丢在画布上。

"你要想当艺术家,"他说,"必须倾其所有。所有。你要去做别的事。你要找份工作。你要做妻子。母亲。你要服务于某个机构。机构总是需要志愿者的。但艺术不是某个机构。它不会提要

---

① 克劳斯·比森巴赫(Klars Biesenbach),柏林双年展、威尼斯双年展创办人之一。编注。

求。而你可以用你独一无二的方式去要求它,如果你能在其中添加一点小想法的话。如果你真的添加了一点想法,它会变成令人惊叹的东西。我做不了那种事儿了。知道这办法时我已经太老了。但你还够年轻。你还有时间找到它。找到存在你、也只在你体内的东西。”

他一边说着,将松节油倒在画布上。擦亮一根火柴,拿起画布,点着了它。它垂下来,闪着火光,直到火舌烧到他的指尖,他才让它飘落坠地。它噼啪作响,冒着烟气,火焰熄灭了。

他说:“艺术将唤醒你。艺术将令你心碎。那会是难忘的时光。若你想要永恒,必须无所畏惧。”

说着,他把东西收进包里,冲她简短地点了个头,带上门走了。玛丽娜把画布的残余钉在墙上。似乎她被赐予了龙皮。她把地板上烧焦的灰烬按进自己的皮肤里,留下了一个焦黑的粉点。

接下来的秋天、冬天、春天以及夏天里,她一直望着那块龙皮。她看着它衰退腐烂。艺术,她想,可以是不可思议的东西。

她画车祸、肖像和云,可它们并没有什么不可思议的地方。她发现了约瑟夫·博伊斯、伊夫·克莱因和禅宗。克莱因声称他的画是其艺术的灰烬,玛丽娜好奇那小个子男人是否也拜访过他。她读到海伦娜·布拉瓦茨基夫人说,没有什么宗教比现实更崇高。可是否有一种艺术比现实更崇高?最真实的艺术又是什么?她想知道艺术之前、艺术之下是什么。她想理解无限的奥秘。

她渴望能像布拉瓦茨基夫人说的那样,驾驭自己的精微体①。可很难知道要如何离开身体。似乎其他人进入比她离开自己的身

① 一种修行学说的概念,认为人存在于多个次元,每个次元有一个对应的精微体,共有七个精微体或身体。不同身体之间互有影响。译注。

体还要频繁。玛丽娜有一个自我在厨房水槽，居高临下地看着正在打架的父母。每当母亲又一次把她叫醒，责令她把床单和毛毯抚平，坚持说即便睡着，玛丽娜也必须像士兵那样警醒着等待命令，时刻准备应对任何事之后，便会有一个女人在黑暗里现身，唱歌哄她重新入睡。每当犯偏头痛时，会有一个穿白裙的老女人坐在她床边，用自己冰凉的手搭在少女玛丽娜的额头上。

车停在路边，玛丽娜的助手戴维德为她打开车门。她异常疲惫。她轻了七千克多。已经过去 68 天了，还有 7 天。克劳斯已在迎接她。

"我想躺在草坪上，"她对绿房间里的戴维德说，"今晚，只要一结束我就要躺下。"

他点头微笑。

"就那么躺着看落叶，一定很美。"

"那就这么干。"

"我们要拟定宴会的宾客名单吗？你能跟迪特尔说吗？我等不及要办宴会了。大笑一通会有好处。"

她可以完成。七天没什么。肯定的。

第四十一章

今天是第 74 天，中庭挤满了人。大家都认出了那些演员。第一个是艾伦·里克曼，举止优雅，如同近视一样眼神聚焦。现在是米兰达·理查森，[1]从一众博物馆员工之中走出，等在方框线外的入口处。念着她名字的窃语如洞穴回声般在中庭回荡。

“她真瘦！”

“她好美啊！”

她简单地穿着浅色裤子，白色外套，头发在脑后绑了个马尾。她有完美的颧骨，看起来有种精致的成熟感，无过多粉饰。保安低下头在她耳边说了什么，她点点头对他微笑。玛丽娜坐在桌边，埋着头。到处是人，人们聚在白线外，或坐或站。莱文从未见过这么多人。他感到疲惫晕眩，身体又脏又僵，他昨晚在现代艺术博物馆的人行道上过了一夜，与另外 43 个不顾一切要在《艺术家在场》表演的倒数第二天与玛丽娜对坐的人一起。

---

① 艾伦·里克曼（Alan Rickman，1946—2016），英国演员、导演，代表作《侠盗罗宾汉》《真爱至上》。米兰达·理查森（Miranda Richardson，1958—），英国演员，代表作《时时刻刻》。编注。

保安点头示意,米兰达·理查森移步向那把空着的木椅走去。人群静下来。相机咔嚓作响,闪光灯亮个不停。

“不许拍照。”一位保安大声喊。

对面的一个男人公然无视保安,继续用他的小美能达相机对焦。人们偷偷在手里将手机摆好位置,轻按拍照。

玛丽娜抬起头,睁开眼睛注视着女演员。一道闪光,也许只是想象出来的,从玛丽娜的脸上掠过。房间被一声听不见的叹息填满了。外面的城市里有 800 万市民在喧嚣,而这方框区域内却有一瞬间万物静止。

玛丽娜和女演员一动不动地注视了十分钟对方的眼睛,然后女演员低了低头,站起身,穿过方框区域走回去。保安捧起她的浅棕色凉鞋递给她。

下一个与女演员一起来的女人走过去坐下来。玛丽娜再次睁开眼睛抬起头。房间里开始骚动。莱文前面还有 7 个人。

希尔亚斯大半个晚上都和他一起。他告诉她自己要去排队等待的计划,她表示绝不能错过采访那些为了参与一起艺术事件而愿意睡在马路上的人。

“但不是我,”莱文说,“如果你不介意的话。”

“当然不介意,如果你不想被采访,”她说,“我会陪着你。”

尽管如此,当她在晚上 9 点带着野营包和充气床垫出现时,他还是又惊讶又高兴。她向排在莱文后面的人解释自己是个记者,不会插队也不打算去坐在玛丽娜对面。她只是来工作而已。那男孩看起来被她的美貌惊呆了,莱文觉得不论希尔亚斯说什么,他都会同意的。

希尔亚斯开始沿着队伍采访,莱文帮她把床垫吹足气。他还不太能相信自己正在做的疯狂之举。他这辈子可一直在逃避野营。

希尔亚斯之前告诉他要买个充气床垫,他觉得那太夸张了。到了半夜,他为自己只带了普拉提垫子感到非常后悔。本来,只要在凯马特卖场花上 20 美元,他就能舒服得多。他本可以专心为自己的痛处神伤,在坚定而明亮的星空下,他的痛苦似乎不计其数。

“你不可能害怕星星。我怎么不知道?”希尔亚斯大笑着说。寒意慢慢渗入他们的外套和帽子,他们在各自的睡袋里靠着墙蜷缩起身子。

“我控制不了。”

“啊,人们会害怕海洋。或是汽车。任何能杀死你的东西——但不会是这么美的东西,阿基。”

“它只是虚空一片。事实上,那是过去在现时的投影。天上的那些星体,除了太阳,早已在很多年前就毁灭了。”

“那是有点丧气。不过它依然很美啊。你一般怎么摆脱这些痛苦的念头?”

他笑了。“音乐。”

“那就够了吗?”

“也许不够。”

队伍里的谈话声逐渐弱下去。他们停下来,等待睡眠侵入,熬过这一夜。

某个时刻希尔亚斯翻过身,看着莱文躺在可怜的橡胶垫上。她冲他笑了笑。他也看向她。

“过来吧。你在那儿看着太孤独了。过来抱着我。”

他照做了。在这甜蜜的几小时里,他抱着希尔亚斯·布林,后来她也抱着他,在现代艺术馆外的充气床垫上,像两个过夜的孩子般搂在一起，而四周城市的生活仍在继续。

莱文梦见了莉迪娅。他们都躺在葬礼的棺材上，被精心地换上了传统的死者服饰。一群无名的送葬者抬着他们走向一处墓穴。可他们并没有死啊。他唤醒了她，从墓穴一起跑出来，穿过马路跑进一家咖啡馆，在那里动情地吻着她。他醒来后，记起他们还吵了一架。

"你的不满意是你自己造成的，阿基。"莉迪娅对他说。

"嗬，好吧，就像你的生活一直过得很如意似的。"

"你说真的吗？你注意到我生活里哪里不对了？"

"我注意到很多东西。"

"可那不是真的……他妈的，阿基，你真瞎。"

"我真看到了……可我是你最后才照顾的人。排第一的是艾丽斯，然后是你的客户，你的女朋友们，我是说，什么时候他妈的才轮到我？"

"一直是你，亲爱的，一直是你啊。我做的每件事都是为你，你从未注意过。可我不能再这样下去了。这不是我的义务。我在这里忙得不可开交，都顾不上自己的生活。要是我在你面前的时候忙着自己的事，那抱歉了。要是我没有全职伺候你，也同样抱歉。"

"去你的。要是日子这么难过，你们怎么不离开？你和艾丽斯，走吧。"

"哦，是啊，然后每个人都觉得对不住你？"

从艾丽斯走后，就没什么可吵的了。可他还是觉得很羞愧。她那时已经病得很重，而他夺走了她乐观的积极性，虽然不是勇气。

当他再次醒来已是清晨，人们已开始买咖啡和馅饼。7点，当热狗售卖车停在对面时,人群响起一阵欢呼声。他和希尔亚斯喝了咖啡,吃了他从第六大街咖啡馆买来的培根加鸡蛋和奶酪的三明治。他们笑着说起一同度过的夜晚,又蜷起身子等了更久,清晨逐渐明亮起来。

终于等到9点半了,他们被允许进入博物馆的大厅。10点半,已按顺序排成一列的队伍,由保安小心地指引着走上台阶,来到熟悉的表演场地,玛丽娜·阿布拉莫维奇穿着白色长裙,垂下头,坐在椅子上等待。晚间的队伍后增加了新来的人,现在有100多个人在博物馆里排着蛇形队伍,都等待去坐。到了10点50分,名人们已对坐完毕并离开,其他人开始一个个地穿过方框区域,坐到了艺术家对面。

"要是有人打算坐上一整天怎么办?"莱文问希尔亚斯。

"那会引发暴动的。别担心,会排到你的。我知道。"

整个上午希尔亚斯在中庭跑来跑去,记录更多的采访。当排在莱文前面的那个人终于坐到玛丽娜对面,希尔亚斯回来站在他身边。

"有什么建议吗?"他问她。

"你朝她走过去的时候,数十个数。"她说。

"我们从伦敦来,"有人在莱文身后说,"我们没想到队伍会这么长。你排到这里花了多久?"

"五个半小时。"他说,"我是指昨晚。博物馆一闭馆就开始排队了。"

"哇,"他们回应道,"你是说你在外面等了一整夜?"

"睡在马路上,"莱文咧嘴笑了,"这是关键。"

莱文想着自己在直播镜头里会是什么样。他想到枕头——玛丽娜,想到自己昨天下午如何感谢了她,然后把她拆开,把各部分一一放回沙发、客房和壁橱的围巾架上。

他想到莉迪娅。如果她看了现场直播,会认出他吗?她有电脑吗?想到这里他感到一阵刺痛。

接着,前面的人离开了椅子。保安拍拍他的肩。

"到时候了,"他自语,"保持眼神接触,不要说话。结束时垂下眼睛。离开。"

莱文穿过方框区域,数到十。他坐下来。椅子是固定在地板上的。他这时才知道,难怪每个人都是那种样子坐下。他没法挪动椅子。阿布拉莫维奇闭上眼,低着头。他深呼吸。他能感觉到身体疲劳的刺痛,以及与管弦乐队第一次演奏他的曲目之前同样频率的紧张。

他能明显意识到周围人在说话。他闭上眼睛然后睁开,迎接玛丽娜的注视,一切都停止了。

第四十二章

莉迪娅·菲奥伦蒂诺，莱文的莉迪娅，在夜空里遨游，无边无形。她游得缓慢而疲惫，月亮是她的向导。夜色拥她入怀，她是漫天星海中一点微弱的亮光。

过了一阵，她不再在星辰与海洋上漂游。她被托起、移走、清洗。她无言无语。没有声音。她无形、透明、像素化。她是宇宙起源的瞬间原子释放的一道合流。她是黎明时分温柔斑驳的一角天空。她是沙丘上空的一片云海。白天是三角铁上的一记敲击。夜晚则是航程。她是马克斯·恩斯特笔下森林里的那只鸽子。她是米罗笔下注视着女人和鸟的星星。她是曼·雷笔下的《双鱼》，也是清晨浅滩上的一尾银鱼。她是多萝西娅·坦宁桌上的一枝玫瑰。她是透纳画中的金，也是修拉画中的绿。她从某处而来，只有关于过去模糊的记忆。闪现的一只眼睛、一块布料、一种声音、一个名字。她一定要回去。可回去是哪儿？只有此处。虚无就是一切。她无形无状。

她是水仙花池边，一只手中鸡蛋里的花。啊，它走了，消失了，四季啊。她等待不确定的天使。阴云密布，远眺天际。

雨水冲洗着她。来自雾气之上或之下的热水浴。她被送回到一颗白色的茧里。光在她眼前跳动。口中有某种味道。又一种。很好。很好,他们对她说。太好了,莉迪娅。

一只胳膊,然后是另一只,一条腿,然后是另一条。人们昼夜而至,移动它们。有许多面孔在对她说话。他们说啊说啊,莉迪娅,莉迪娅,莉迪娅。他们移开了手,还有脚。

他们用床单把她裹起来,光芒灼烧她的眼皮。她不知道那个温暖明亮的表面是什么,它改变白日的色彩。她没有词汇。词汇是某种她刚瞥见就逃走的结构。太阳——刚出现就逃走了。海洋。之后,世上最美妙的虚空回来了,她开始漂游。失重、无形、无言、永恒。

但时间确在流逝。几个星期、几个月。

有些时候她能感觉到一个年轻姑娘,但她说不出来。她喜欢这个没有语言没有感觉的地方。简单至极。光与夜,以及其间所有的色彩与质地,温柔地抚慰着她。

各种味道漫过她的舌头,甜,软,明亮,稠密。她品尝着来自绘画的味道。脑中出现了面孔、图案、地毯和气味,令她想到一些房间和人。香草。似乎有人将这个词打在她的意识里,让她回想起来,她自己读着那个词,用内心的声音发出声来。

没有外界的声音。她是对这个房间和来访者的安静观察者。她是声音的接收器。她是居住者。她是观察者,也被观察着。

光和影透过玻璃的粒子照进来。她是从海中腾起的无声薄雾。她是有形和无形的流云,一道又一道地刷画着天空。她是海岸中心悄无声息的波浪,每一刻都是新的,新的,又是新的。

现在有种味道在她舌头上。现在她吞咽。现在她醒了。现在她看见鸟儿飞向天空。现在她看见海水褪去颜色，泛起涟漪，沙粒暗沉。现在有了音乐。音乐？那是音乐吗？是的。是的。

音乐的碎片环绕着她，回忆的路盘旋、升起，她想耳语一个名字，发出声音，就一个声音，可她脑中一个词语也没有。

她梦见她的身体铺陈，她的脚在曼哈顿，她的头在五大湖。她舒展身体，伸进了加拿大，南边一直伸到波士顿和华盛顿。她伸出手，手指穿过美国中西部，滑向落基山脊，脚趾一路伸向佛罗里达。她的另一只胳膊够到了葡萄牙满是灰色卵石的海滩。她的身体继续伸展，蔓延整个世界。她的皮肤在海岸和山间游荡，她注视着黑暗的虚空，想走出世界，遁入星光。她确定那就是回家的路。

家，她想，家。脑中的这个词干巴空洞。她体内有个杂音，像她一样没有声响。像她一样动弹不得。它不能出去，也无法跟走进房间的人交谈。她和孤独一起看着光与夜，看着构成她每一天的海洋与天空之间的所有色彩，她知道有什么在等着她。有什么在等着她，所以星辰还不能把她带回去。

窗边的桌上，堆满了信件和明细片。护工把它们摆在外面，这样莉迪娅能看见。他们知道这样做很怪。这是菲奥伦蒂诺女士明确的嘱托，清楚地写在法律文书里，除了女儿和定期来访的几个特定的女朋友之外，她什么人也不见。可想见也难。她如今的情况很难看见任何人。没有迹象表明她能看到或听到什么。物理治疗显示，她的身体还保有一些力气，暂时性的。而也许她再次罹患中风，或是肾脏丧失功能，就只是时间问题。她的状况很糟糕，这种情况下一般人很难坚持太久。

有些人会加重，有些人则会好转。这里并非很多人都能病愈回家。但奇迹每刻都在发生。有时中风病人恢复了行动功能，有时昏迷的人再次苏醒。

护工为莉迪娅大声念着信，有个叫约兰达的人每周都会寄来：

亲爱的菲奥伦蒂诺夫人：

我希望你每天都感觉更好些。这周我给莱文先生做了羊羔砂锅菜和菜肉馅煎蛋饼，天热起来了，他喜欢吃这些。里格比赖着钢琴旁的沙发，只爱吃沙丁鱼罐头。看得出柠檬树在露台上很惬意。

每一封信都会以相同的几行结尾。

我已备齐日用品，一切安排就绪，只等你康复回家。

我们都非常想念你，一直为你祈祷。

约兰达

第四十三章

就这样，最终，两个人面对面坐在两把椅子里。玛丽娜·阿布拉莫维奇和阿基·莱文。我被派驻在他们身边——是他们的记传、直觉、仇恨、善意、天赋与奇想。我是家养小精灵，为创作绘画、音乐、身体、形式和语言的艺术家服务。我已养成从不多说话的习惯。也学会了如何溜进来，敲响他们灵智之门的诀窍。就在他们刚刚醒来的前一秒，独自望向窗外的瞬间，咖啡馆里一切骤然静止的瞬间，树下望向阳光的瞬间，生活如多米诺骨牌轰然倒地的时候，或是突然通晓前路的灵光一现。

当然，这些瞬间可能相隔数年。大多数人会说不。他们说不，我不想起床。不，我不想那么拼命工作。不，今天我没时间。不，我现在不想听。人们如此频繁地说不，却又疑惑他们为何如此绝望。我对绝望没什么兴趣。我感兴趣的是一直努力，手中的画笔、钢笔、键盘、黏土、舞台、弦乐器时刻不歇，随时做好准备的人。有时我只需要启发事端即可。

现在你知道我的任务有多难了吧？他们要做的是将心里响亮而坚毅的东西积蓄起来。但究竟是什么让他们成为艺术家？他们要聆听。可他们听吗？多数人在喧嚣和杂务中浪费掉一生。至少感觉上是如此。

莱文就正在听。他定在椅子上，盯住玛丽娜的脸。她比他想象的更强大。她的眼睛湿润乌黑。每个清晨他都想象着那双眼睛盯着自己，可真实的它们更加深邃，她如此疏远又如此亲近。她在看他吗？她在看什么？人群里有小小的搏击声，可能出自呼吸或心跳。莱文自己的脉搏快慢不定。他面前的中庭向着阳光飞升。他想到了莱奥纳德·科恩。

> 天窗像一面我永不会修补的鼓皮
> 所有的雨水跌落，阿门
> 在去年那个男人的作品上

他看见自己在《河》中的森林里。玛丽娜与他并肩走在河边。她为了什么笑起来，仿佛他们是老朋友。蕨类植物覆盖着厚厚的白雪，一群鸟，长脖子灰羽毛，从头上一闪而过。林中的树干湿红润泽，阳光如雨滴在枝间洒落。他看见阳光洒落如雨滴。他看见生命的每一个颗粒。

没什么可怕的，她对他说。我们之前也走过这条路。他看见前方的雪地上有两对脚印。他听见一只啼鸟。他看见林间月牙的弧线，碧空中的一弯银月。她说，我们就是众生。我们与泥土无异。我们与时间无异。我们是石，是叶，是鸟，生于土，长于土，死后也重归于土。4000 年来，这片泥土星球上，我们食于斯、住于斯、葬于斯。我们只要去看，就知晓万物的奥秘。

他看见玛丽娜站在一座沙丘边,那是在另一个地方,天空是品红色的,大地是粉红色的。然后他们又到了另一处,两轮月亮从深夜的海上升起,他们走在海岸边。他知道他要回家了。

还不到时候,她说。还不到。你忘了什么重要的东西。

他有种苦涩的孤独感,似乎他从未与世上的任何人一起生活过。他想握住玛丽娜的手,但她是幽灵,她是莉迪娅。

世上某处是不是有个秘密的账簿,记录每场婚姻里的每个吻、每次高潮、每个星期天的清晨?他看见计数器啪嗒作响,又倏然停止。他看见莉迪娅的睫毛,淡淡的,不曾描画。他看着她的眼睛,他们依然置身30米开外海洋的绿色中。

"莉迪娅?"他说。

他看见她在一个白色的房间里。他看见她望着海水。他看见阳光照在地板上。他看见她抬起手。她去够一支铅笔。它掉落了。

他弯腰为她捡起来。

"莉迪娅?"他又说。

她没有转过脸来。他轻柔地打开她的手指,把铅笔放进他手里。她的腿上有个笔记本。他倾下身子闻着她的头发。

"我们能回家了吗?"他问,"我想我们该回家了。"

玛丽娜向他倾过身子,他感到一阵刺痛。他曾觉得她的脸像一个老妇,现在又像个男孩,又成了一个女孩,一个牧师,一个修女。现在是一只鸟,现在是一条鱼,现在是一棵树,现在是一颗水晶,充满力量与同情。又变回人,但是这张脸既永恒又现世,既了无生机又充满生气,既平静又令人恐惧。

这无关舒适,他听见她说,就像在他脑中说话一样,无关方便。

无关遗忘。它关乎记忆。关乎承诺。只有你能做到。你必须无所畏惧。

他离开方框区域时,几乎无法行走。希尔亚斯看着他走过去,没有打扰他。她知道经历过玛丽娜,会有多强的解构感。

从大厅下楼,莱文看了看表。他在后门找了个安静的地方,拨通了保罗·沃顿在法律事务所的电话。得知沃顿不在,明天上午才会来。莱文约定了时间。然后他打给艾丽斯。他想起希尔亚斯,给她发去信息。可她要继续待在纽约,直到《艺术家在场》的最后一天。接着他打给哈尔。

“你觉得我们能开车出个远门吗?”他问。

第四十四章

就这样，我们到了第 75 天。最后的聚合。强光灯大亮。马可·阿内利看着玛丽娜·阿布拉莫维奇从绿色房间走出，穿过方框区域。他看着戴维德将她的白裙在椅间理好。他看见玛丽娜的身体最后一次臣服于这把椅子。他们都在微笑，而他不愿去想这是最后一天。他不能分散注意。

他把相机摆好，在区域一角支好三脚架，当玛丽娜透过长焦镜头注视他时，他为她单独拍了一张照片。安保小组已各安其位。

一位保安伸出两根手指，示意两分钟后开场。现场直播开始倒计时。在芝加哥、明尼阿波利斯、蒙特利尔、墨西哥、开普敦、开罗、悉尼、萨尔斯堡、赫尔辛基、伊斯坦布尔和冰岛的观众们翘首以待。

博物馆、噪声、时间、人群、疲惫、天气、脚下的地面、白墙、玛丽娜的脸，这一切如同拍击海岸的阵阵波浪。马可离这些太近，已完全听不到了。现在有时候在中庭，每当他回过神来，这些声音就变得无比喧闹，仿佛他的思想在嘶吼。

队伍聚集后，他便沿队征集许可书，就像其他日子一样。他用镜头对准每张脸，等待激情从眼中流露的瞬间。他沉入这里的空间、灯光和表演中。

他感觉到了自己。双腿和后腰的痛感很强烈，而他的脖子和肩膀，经过近3个月每天站在地上、俯身对着相机的日子，已没有感觉了。他感到很轻松，甚至是自在。他熬过了这场表演。他答应做时，没想过这是一次极限生存活动。他只是满心想做。现在它就要结束了。这让他想到几天前，有个保安问他，“要是你上了天堂，希望上帝对你说什么？”“还没到时候！”他开玩笑说。可今天，他只希望上帝说，“做得好！”

他不曾料想到中庭集聚的情绪，以及如此多眼睛和面孔中的快乐。就仿佛他们有了一些新的生活理念。要是我今天死了，马可想，那可太快了。

第四十五章

在贝尔格莱德，达妮察·阿布拉莫维奇的葬礼结束后，玛丽娜回到母亲的公寓，开始清理母亲的东西。在卧室，她发现衣服是按颜色排列的——米色西装挨着蓝色西装，夏装外套，冬装外套。浅色鞋子，深色鞋子。

床上铺着浅绿色床单。彻夜不关的床头灯终于熄灭了。抽屉里仍有一把上膛的枪。母亲的战争故事，玛丽娜一直都知道。父亲常跟他们讲。战场上，还是陌生人的母亲将自己的血输给了父亲，那时没有其他办法能救他的性命了。1941 年纳粹入侵时，她刚攻读医学学位不过六个月。瓦乔幸存下来，康复后他骑马重回战场。战争仍在继续。

一年后，战争还未结束，瓦乔偶遇一支伤员游击队，他们正在躲避即将到来的德国士兵。他掀开毛毯发现了达妮察，那个把自己的血输给他的人。她得了伤寒，奄奄一息。他扶她上马，送她去了安全之地。

达妮察从未谈论过战争。她只是静静坐着，听瓦乔说那些故事，在大雪里等着德国兵骑马经过，他和他的人已预先把炸药埋在树根下面。他是如何背后中了12枪,多亏外套够厚才侥幸逃命。有一次斧头的把手飞过一条河,差点把他的手砍下来。有一回他得吃掉自己死了的马,下一回爆炸的热浪烧光了他的胡子。

然而,在整理母亲的公寓时,玛丽娜在床下发现了一个从未见过的箱子。玛丽娜把里面的东西摆在绿色床单上。有一本剪贴簿,全是有关她表演的文章。而剪贴簿下方有一个皮夹,里面是前南斯拉夫总统约瑟普·布罗兹·铁托签署的文件。它们记录了母亲曾参加过7场抗击纳粹的游击队战争。因其勇敢的行为,母亲获授最高级别勋章。1944年,她由一辆护送伤员的卡车引导前往附近的医院,途中遭遇激烈的交火。油箱被击中了。到处是火,爆炸不停。一片混乱。而达妮察·罗斯可身背手扶地领着30名大兵,其中有男有女,有的神志不清,有的重伤在身,她生拉硬拽带他们穿过雪地,奇迹般地躲开了子弹与手榴弹,将每个人都平安地送了出来。

第四十六章

家里，简·米勒通过网络直播看玛丽娜·阿布拉莫维奇。

“就是今天，”她一直想，“就是今天了。”

她顾不得为女儿洗的衣服该收了，蚂蚁爬进墙上的电灯开关里了，还有那些没回复、没查收的邮件。她知道自己和玛丽娜的命运在某种意义上发生了联系。当玛丽娜最终站起来，简也必须起身。这之前是哀悼的时间，而哀痛将永远留在她心里。卡尔已是她身体的一部分，像是肝脏或胰脏。悲伤如雨水般清晰可见。每时每刻都有几百万人正承受悲伤。它会过去的，人们总这么说，但其实不会。

悲伤是一种开端，存在于命中注定的核心。她感到当玛丽娜站起来，她，简，要从命中注定的生活里退后一步。她要徒步穿越西班牙。她会带着她的哀伤、她的爱恋、她45年来对生活的观察同行。家里，她的孩子们和孩子们的孩子们，将经历自己的命中注定。也许这就是艺术，她想，她花了那么多年想定义它，想把它钉在绳子上，就像大风天里固定绳上的一件衬衫。你就在那儿啊，艺术！你捕捉显露生活本质的瞬间。眼巴巴等着鸡蛋煎好的男孩①。公园里聆听音乐的人②,或雨中漫步的人③,或塞纳河里洗澡的人④。自由引导人民⑤,还有火枪队准备对战守城的官兵⑥。盛开的睡莲⑦和痛苦的呐喊⑧,每幅画心都会出现的红色方块⑨,穿过稻田的色彩韵律⑩,以及夜空中旋转的星辰⑪。

她看着身穿白裙的玛丽娜·阿布拉莫维奇在永恒之爱的最后一天。对玛丽娜不正是如此吗?据说这是一场关于爱的表演,是我一直以来的样子,是在我穿越灵魂、祖国、家庭和民族血脉的历程中所获得的东西。这是我学到的东西。这一切都关于联结。我们只要带着一点点意念、坦率与勇敢去做,就能感受世上最大的爱。它不只是爱,可没有比它语义更大的词了。它是康德说的东西,简想道。是康德的东西,但依然无法言明,除非你亲眼得见。

她知道可以试试称它为上帝,可试图说清楚上帝曾是或依然是什么,会给世界带来无数问题。她肯定会有另一个合适的词,而她想好了,在西班牙广袤的天空下漫游时,自己有几百英里的路途可以慢慢思考。她大笑出声,为了给某种曾是上帝的想法命名而在一

---

① 似指西班牙画家委拉斯凯兹的油画作品《煎蛋的妇人》。译注。
② 似指法国画家莫奈的油画作品《音乐氛围下的花园》。译注。
③ 似指法国画家毕沙罗的油画作品《雨天的法兰西剧院广场》。译注。
④ 似指法国画家雷诺阿的油画作品《塞纳河青蛙塘游泳场》。译注。
⑤ 似指法国画家欧仁·德拉克罗瓦的油画作品《自由引导人民》。译注。
⑥ 似指法国画家伦勃朗的油画作品《夜巡》。译注。
⑦ 似指法国画家莫奈以睡莲为主题的系列画作。译注。
⑧ 似指挪威画家爱德华·蒙克的油画作品《呐喊》。译注。
⑨ 似指荷兰画家彼埃·蒙德里安以三原色构图的系列作品。译注。
⑩ 似指法国画家梵·高的油画作品《稻田》。译注。
⑪ 似指法国画家梵·高的油画作品《星空》。译注。

段长途跋涉中沉思,听起来非常合适。她和卡尔将一同走过这漫长旅途,一同沉思。

她继续注视那位穿白裙的女人。她坐着,带着崇敬去看那位同样坐着的女人。她看着《艺术家在场》度过的最后几小时,一个又一个在桌子对面坐下的人与那女人对视。简感到她正目击一种难以言喻的美,它诞生在那些为这项艺术吸引,又沉思于一个伟大谜题的人们之中。那谜题是:我们是什么?我们该如何生存?

第四十七章

自3月9日始,玛丽娜·阿布拉莫维奇已经在那把椅子上坐了736个小时。今天,她看上去容光焕发。人群激动地嗡嗡作响。电影团队在最佳角度拍摄。相机闪烁。

布里蒂卡一整天也兴高采烈,快乐地挠着她的肋骨,从她手臂的皮肤、她的头皮上擦过。简从佐治亚州给她发来一条短信:“好样的玛丽娜!这真是壮举。9月1日我要动身去马德里。活在当下!我的家人觉得我疯了。我把他们吓坏了。可什么也没法跟你做的相比。天哪,哦天哪。不过我觉得我能理解。我们再见个面吧。会给你写信的。你也是好样的!”

布里蒂卡读着信息,露出笑容。她理了理头上的黑色假发,她想靠这个骗过保安。只要发现她又回到博物馆,他们一定会把她丢出去的。他们明确地说过了。不过在最初的盛怒之后,他们还是很善良。没有叫警察。不会有指控。他们似乎接受了这里局面的复杂性。

今天,她没戴粉色假发,没有异色隐形眼镜,没化妆,怎么看都跟其他中国女孩一个样儿。总之,她毫不起眼。她能感觉到来自周围人群的压力。中庭挤满了人。上面的大厅挤满了人。她并不真的清楚自己当时为什么要那么做。她对暴露癖从无兴趣。不过,研究了这么长时间的玛丽娜,她想向她展示毫无保留的自己。向她展示一切都挺好。

其实她并非真是个异类。她的确裸了那么几秒钟,但她不过是三个月来1500多个坐在玛丽娜对面椅子上的人之一。她不过是85万名来看《艺术家在场》的观众之一。

网上现在已经有了她的照片,被人用手机拍了传上去的。马可没来得及拍,或许他选择不予记录。她裸体的举动不会纳入阿布拉莫维奇的官方档案中。她无意打扰这场表演。以及玛丽娜。她在做之前甚至从未想过要这么做。它发生得太快了。但她并不后悔。那画面会淹没在今天上传的几百万张和明天相传的另外几百万张裸体照片中。也许返校时那些照片会带来些麻烦,不过她看到的那几张里自己都沉着而美丽。也许父母可能会听说,或亲眼看到,她知道他们会失望,甚至愤怒。她回家时会坦然面对的。

那不是她的"15分钟名气"。她明白。还会有更好的时刻。不过她由此获得了勇气。这是最佳的奖赏,她并不曾料想过。感觉像是她最终重塑了自己。

突然,在中庭那边,她看到了那个穿红色条纹衫的屠夫,只不过今天的条纹衫是蓝色的。他看了她一眼又移开目光。接着他又看回来,她看出他眼中闪过认出自己的亮光。几分钟后他穿过人群来到她身边。

"你穿着衣服,差点没认出来。"他说。

她笑了。

第四十八章

玛丽娜能够感觉到身上的白裙,脚上靴子的重量,眼皮轻微的跳动,中庭响起的嘈杂。她察觉到人群的拥挤。她听得到快门、耳语和远处电梯的低吟。强光灯将中庭照得如舞台般耀目。白墙从她四周筑起。她感觉到头顶上的天窗,云彩、天空和落入欧洲大陆的阳光,马其顿大街上有扇窗户,能看到有个女人坐着用力敲打一个患头痛女孩的前额,把她敲瞎了。她去哪儿了,那个女人?每当头痛发作就会出现的人?她穿着一条白裙。玛丽娜现在才明白,终其一生她都在沿着自己的路走。未来与过去都是现在。

她几乎跳出了时间。一些最直白的想法出现又消失。这是她宣言的片段。

艺术家需要很长时间的孤独。

艺术家要避免每天去工作室。

艺术家不能把自己的时间安排得像银行职员。

艺术家要决定最少的物品所需。

艺术家要从尽量少的东西里得到尽量多的东西。

艺术家要有能够提升其心灵的朋友。

艺术家要学会原谅。

她的故事已传遍世界。它们已定格在时间里，比如她一度瘦小的乳房和苗条的30岁身体在照片里永存，那是在那不勒斯的一间，她被人们刺伤，鲜血淋漓。

引领她走到今天的一系列工作在她心中徘徊，如同身后的风。那些书信、照片、电影、舞台剧、采访、录音和素描。官僚、意见书，申请、方案、预算、传真、邮件、电话、会议和文书、签证与航班，平面图、草图、火车、地图、旅馆、租车。谈判、艺术馆馆长、行政人员、政府官员、警察、职业健康与安全官员、安保人员、策展人、经纪人、摄影师和看护。

这么多人。这么多文章。这么多激情与欢笑。这么多伤痕。她再也看不到的那些疤痕、伤口和面孔。这是度过生命的方式之一。她能感觉到心脏在跳动，静脉里血液簇簇流动。之后血不见了，是雨水。她站在塞尔维亚的雨中，抚摸自己裸露的乳房，与祖国的女人们齐唱巴尔干半岛的民歌。她站在长城上，下方的远处河流蜿蜒。阳光在红土地上闪耀。道路在她面前不断上升。她的腿痛。她的脚痛。她的心为她找不到的东西而痛。

这是条蛇绕在她的肩膀上。水晶在她的脚面上。一只蝎子在她的脸上。一条蛇。眼泪。洋葱辣坏了她的嘴唇、喉咙和眼睛。她能听见自己在说：“我想离开，去个遥远的地方，那儿什么都无关紧要。我想知道，想看清楚这一切背后是什么。我想再也不想要任何东西。”

这是她和乌雷曾对面而立的门廊，当人们从他们中间穿过时，她直视着他的眼睛。之后她坐在椅子上，头晕目眩，在精神药物的作用下无法自控，接着紧张症攫住了她。

一具骷髅卧在她身上，她呼吸，骨头也随之起伏，就像现实中每天胸腔的起伏。现在她站在《海景房》的表演场地。迪特尔和所有工作人员都回家了，只剩下木床、木椅、节拍器、寂静和她自己，在漫长而饥饿的夜晚吞噬着自己的疯狂，咀嚼着世间的集体疯癫。

这是老挝的孩子们端着 AK-47 的仿制品。这是《八节幸福课和一个幸福的结局》。七个老挝女孩站在粉红床单之间，身边是她们的机械枪。

这是一支瞄准她心脏的箭，乌雷持弓。这是一圈一圈一圈行驶了 16 小时的货车，期间她的声音在扬声器里慢慢嘶哑。有个女人爱上了一个与她生日相同的男人：11 月 30 日。

这是她的腹部，必须用刀尖划伤，一刀一刀又一刀。这是由母亲的训诫哺育的小孩，每当她失败，疼痛随之而来。

这是那个小孩，每天和祖母一起走入教堂窗户溢出的焚香与彩光中。这是那个小孩，看着祖母每晚在公寓点燃蜡烛，制造从走廊到床铺之间的阴影。

这是那个女人，她曾是个女孩，那女孩已死。这是玛丽娜·阿布拉莫维奇，她知道生命是什么——一连串的瞬间、刀尖与蛇、蜂蜜与红酒、急迫与拖延、忍耐与大度、宽恕与绝望，以及一百种说我爱你的方式。这是安东尼·赫加蒂在唱歌：“愿有良人予我关怀，当我死了，当我离开。愿有良人卸我心防，当我疲惫，拥我入怀……”

就是这样，她想。我在死。我在生。二者完全一样。

在混乱中很容易获取力量，因为它有一道深渊——总是如此诱人——如瘾君子所知。不过跌下深渊的旅程是短暂的。更难走的路是汲取力量而非权力。更难走的路不是立足于狂热而不确定的不朽,而是永恒且已知的死亡。

这段日子是无数面孔的展示场,明亮的、独特的、生动的、陌生的。没有什么比众目睽睽之下表演中的孤独更深刻、联结更紧密。她期待它是一场能量的交换。一件简单的事。可这并不简单。每张面孔都是一首歌,如爱或痛一样送她进入虚无。每张面孔都在诉说无数的生活、记忆和人性的片段,是她历经这些年的探索所不曾窥见的。在每个线条、每个角度和每只眼睛之中,都宣告着人类神秘之处的真实。当每个人起身走开,他们一生的滋味便在她舌尖褪去。

直到最后,克劳斯坐下来。亲爱的克劳斯。他是来暗示她的。克劳斯起身就意味着表演结束。这是第75天,只有最后一件事要做。与之前一样,她盯着他的眼睛,感觉短暂又永恒,无声无息又千言万语。她爱他。她爱房间里的每个人。她爱每个活着的人,每个曾活过、将自己付于当下的人、过去的每个千年和下个千年里的人。她感受到了无限无垠。

克劳斯低下头。他站起身。

不要走,还不行! 太快了,她想道。

但克劳斯已经走开。

突然间,她感觉母亲在高高的露台向下看着她。她听见她的声音,似乎她就在身边。

“你必须从田野和森林、从声音和泪水中离开,玛丽娜,”她说,“我向你挥手作别。你必须溜回自己的肌肤里。而我要继续前行。你准备好的时候我会来看你。不过不会太快。你有座乡间的房子,待在那儿吧。找个新的爱人。这是你的杰作。你为伟大艺术的织锦增添了一条新纹线。他们会这么写的。所以现在休息吧。要过得快乐。你不再年轻了。相信我,死后的日子还长。”

玛丽娜不想结束。她想一直待在这里。她不想臣服于生活的狂风。可时间到了。

她低下头,一瞬间纯然的悲伤击中全身。她要放下这个房间、这则故事、这件作品。结束了。她必须放开从春到夏生活的这间中庭。她必须放弃这些曾展示出无法解释的神秘感的面孔。可要怎么站起来?怎么站起来面对这个房间?

她觉得双腿在颤抖。她会颤抖?她可是洞穴走出的苦行僧啊。她抬起头,睁开眼睛。她集聚双腿和背部的力量。她感觉着脚下的地板。她深呼吸,一次,又一次。一阵凉风传遍全身。

然后她站起来了。她伸开双臂。感受四周响起的欢呼在她体内膨胀。相机闪烁。掌声响彻中庭。这是纯粹的不协和音,在简单恣意的快乐中的一种学习。

克劳斯在她身边。还有戴维德。弗朗西斯卡。马可。迪特尔。每个人都在鼓掌、哭泣、欢呼。人们将方框区域围成一圈。他们喊着她的名字。他们向她呼喊。她心急如焚地想回去。她回国了,正飞回家,面前一片白光,明亮、明亮、更加明亮。她大笑着、哭泣着,而眼前的每个人俱是如此。

第四十九章

就这样,我们到了可能会令你伤心的部分。自然,我受不了这种时刻,因为存在着那些我看不到的时光,它们也并不总是轻松愉快。然而这也是艺术。灼烧心灵的也是艺术。按你想要的方式度过它,坚持下来,就像未来会有的那样,没有回头路。人的一生的确短暂,却也充满了奇迹与聚合的瞬间。

莉迪娅·菲奥伦蒂诺坐在床边的轮椅里。头发扎在脸侧。她穿着一件绣着金色蝴蝶的白色和服。房间温暖安静。她望向窗外暮色中镀银的海水。落日的余晖开始从西向东染遍天空。

“我在这儿。”莱文在她身边坐下,说道。他拉起她的手。

“你好,我亲爱的,”他说,“我在这儿。是阿基。”

她眨眨眼。

“莉迪娅。甜心。我太抱歉了。我当时不明白。我一直在地狱里煎熬。”

她继续望着海水,他手心里她的手柔弱无力,肌肤冰凉。

“我好想你。我想让你知道我真的明白了。你是对的。我没办法照顾你。我身上缺乏照顾人的那部分。但我想试试。没有你,就不是家。没有你,我的生活不成样子。除了你,谁对我都不重要。”

她没有丝毫听见或看见他的迹象。

“这是我们共同的一刻。我们中的一个需要照顾。我们两个都需要照顾。我在这儿。我还没准备好。但是没时间准备了。”

她的脸是夜晚的脸。安详、鲜活、惊人的空虚。她的眼神没有聚焦。小心翼翼地,他将她的椅子转过来面向自己。

在这脆弱的世界上,令人绝望的事太多。当确定的事实令人恐惧,不确定就会成为一种保护,一种被动的抵抗。莱文盯着她的脸。那一瞬间她就是整个世界,是世间所有的女人,是唯一的女人,是他的妻子;而他是她的丈夫,是世间所有的男人,是世间唯一的男人。

医疗设备在他们身旁嗝嗝作声。海浪远远起伏。她的脸如月光般苍白。但他已经在这里了。

莱文不知道自己照顾莉迪娅会是什么样。有太多问题会打乱他的秩序感。还有他内心最深处关于生活应该如何度过的感觉。*应当如何度过*。但应该和理应都是确定性的词语。什么词是不确定的?今天,他想,今天是不确定的。现在。现在需要某些东西。我想……“我想”可能是关于开始最不确定的词组了。当他在等待一组琶音、一段旋律……的时候,便是从它开始的。它突然爆发,似乎所有的创意只不过一直在等待从繁花似锦的天空中跳脱出来。他清晰明白地知道,所有绝佳的点子都是从一扇写着“我不知道”的门里出现的。

“我不知道……”是它衍生一切。思维憎恶真空。心灵会对空白的画布做出反应。改变世界的每支歌,每幅画,每本书,每个念头——所有这些都出自不可知且迷人的虚空。

接着，就像指挥家示意一首交响乐的开始，莉迪娅抬起眼睛，反过来盯着他。她继续迎着他的注视，现在她的眼中有了神采，似乎她伸出双手，推着自己向上，进入自己的身体。也许这只不过是流经她脑中的电流在开玩笑。但他要抓住。

致　谢

感谢玛丽娜·阿布拉莫维奇，我将本书献给你。为你卓越不凡的生活，为你的信任，允许我在小说里对你的重现。

感谢戴维·沃尔什，这本书也献给你，为你各方面都非凡的慷慨，特别是在塔斯马尼亚的古今艺术博物馆为我提供了一间工作室，在那里我肯定是世上最幸福的作者。

感谢马可·阿内利和戴维德·加利亚诺，为你们同样允许自己在小说中重现。

感谢纽约肖恩·凯利艺术馆的肖恩·凯利，玛丽娜·阿布拉莫维奇合作很久的代理人和艺术馆长，为一次无价的采访，为你出众的品位。

感谢我的父亲凯文，我的母亲唐，我的妹妹梅林达，我众多将艺术与文学看得举足轻重的朋友。特别是卡洛琳·劳伦斯、哈洛森·杨、迪莉娅·尼科尔斯、热纳维耶芙·德·顾赛芬、布丽吉塔·奥佐林斯、克里斯蒂娜·尼利、凯瑟琳·斯科尔斯、罗杰·斯科尔斯、卡罗琳·弗乐德、玛丽·德怀尔、埃米·柯伦特、布雷特·特洛西、凯恩·马多克斯、简、阿姆斯特朗、马克、克莱门司、罗斯·霍尼韦尔、格里尔·霍尼韦尔、塔尼娅·普赖斯。

感谢玛丽·利杰纳德,我奉职纽约现代艺术博物馆时的第一位伙伴(和馆员)。

感谢约翰·卡尔多,为他对艺术的热情和盛情款待。

感谢西蒙·肯韦在音乐作曲上的帮助。以及费利丝·阿里纳,为意大利的最后一刻。①

深切怀念温迪·韦尔,为你早期的鼓励。深切怀念尼尔·劳伦斯,为你在关键时刻提醒我,创造才是我的初衷。想念你们。

感谢贝丝·谷琴、马丁·杰勒德、米尔顿和德尼斯·开普勒斯、休和伊丽莎白·霍夫、汉克·斯图尔特、吉米·斯通和费尔南多·寇兹,为你们让我感觉纽约是我的另一个家。

感谢加比·那哈,我的长期经纪人,以及简·帕尔弗里曼,我的出版商,两位拥有了不起的心灵与能力的女人。

感谢编辑阿里·拉沃,为我数本小说提供的帮助。以及编辑西沃恩·坎特里尔,目睹了本书的完成。感谢桑迪·卡尔,为你漂亮的设计,还有路易斯·康奈日,为你的宣传推广。感谢艾伦与昂温出版社的所有杰出同仁,是你们将本书带到这世上。

向瓦罗纳和埃莉诺·达克基金会致谢,感谢你们对澳洲作家持续的资助。

感谢丹妮尔·伍德,我在安吉利卡·班克斯世界中的另一半,也是我写作上的良师益友。丹妮尔、利兹·卡斯韦尔和凯特·理查兹都读过本书的数种草稿,并提出了重要的见解,给予我鼓励。

感谢所有适时给予热情的亲爱的女人和男人。

感谢我的孩子亚历克斯、拜伦和贝尔,世上的另外三件艺术品。

最珍重地,感谢罗恩·史密斯,为了爱、生命与音乐。

---

① 本段与前段内容相似,疑有误。译注。